魔豆

我，精靈王缺錢

Elf, foods and save the world!

番外

醉琉璃——著

我，精靈王，缺錢！番外

目錄

楔子

夜幕低垂，濃闃的夜色覆蓋在法法依特大陸上，自然也籠罩在馥曼城的上空。

正值悶熱的夏季，空氣裡帶著一股黏膩潮濕，還有淡淡的甜味，彷如砂糖在熱氣裡化開一樣。

深深呼吸一大口，胸腔裡好像都能塞滿糖絲。

馥曼人習慣了，但初來此地的外地人總覺得渾身不對勁。

躲藏在深夜陰影裡的矮瘦男人就是如此。

他受不了連呼吸都帶著甜味，可偏偏又不能馬上離開。

他今晚有個很重要的工作。

就算在夏天也要繫著紅圍巾的男人是個小偷，他更喜歡稱自己爲竊賊或是飛賊，這樣聽起來更有品味一些。

男人在業界裡的代稱是「紅圍巾」，他也習慣聽別人這麼喊他。要是有人忽然喊他的眞名，說不定還會愣上一愣，半晌才反應過來是在喊自己。

紅圍巾不時搓搓手，低頭看看腕上手錶的時間，再抬頭望向矗立在前方、有如一座龐然大物的黑色建築物。

比起「冒險公會馥曼分部」這個稱呼，那座建築物在法法依特南大陸有個更廣爲人知的通稱。

——南之黑塔。

同時也是他今晚要動手的目標。

紅圍巾深吸了口氣，然後又呸呸呸地往外吐著口水，感覺自己不小心又吃了一大口糖。他把圍在脖子的圍巾拉高，蒙住半張臉，試圖過濾空氣裡的甜度。

他在等他的搭檔。

十五分鐘後，對方準時到來。

他的搭檔叫作「黑帽子」，行動時總會戴著一頂黑色的帽子，各種事前打探都由對方負責。

例如今晚是適合動手的時機，就是來自黑帽子的情報。

「確定今晚只有一個負責人在嗎？」雖說馥曼分部周遭都是空屋，紅圍巾還是下意識壓低了聲音，和黑帽子說著悄悄話。

「別小看我的情報網啊。」黑帽子信心滿滿地說，「都打聽好了，馥曼有四個負責人，兩個男的到北大陸出差還沒回來。然後一個綠頭髮，話超級多、超級多，絕不能讓她有張嘴機會的女人，則是前天就出門了，也要五天之後才會回來。」

「給她張嘴的機會又會怎樣？一個人的話是能有多多？」紅圍巾納悶。

「我也不知道。」黑帽子聳聳肩。這是他打聽到的，給他消息的人其實是用了四個「超級多」來形容。

但他覺得太誇張了，用兩個應該就很夠了吧。

「總之，今晚馥曼分部只剩下一個負責人。」黑帽子信誓旦旦地說，「這個聽說很弱雞，還被其他人喊作『小可憐』。」

「『小可憐』一聽就很弱。」紅圍巾認同地點點頭。

黑帽子又說，「特殊技能是占卜，非魔法師，也不是任何武器專家，反正就是弱。」

紅圍巾和黑帽子對望一眼，看見彼此眼中冒出了熱切的光采。

這些條件綜合起來，無一不是告訴他們今夜就是千載難逢的機會，絕對是走過路過不能錯過。

想想看，要是能成爲第一個跟第二個成功進入馥曼分部又全身而退的飛賊……他們將會受到多少崇拜！

他們會是飛賊界的偶像！

紅圍巾和黑帽子越想越熱血沸騰，恨不得一眨眼人就進入了馥曼分部裡。

「對一下時間。」紅圍巾亮出他戴錶的手腕。

黑帽子也伸出手，「一點三十五分。」

確認完彼此手錶時間一致，兩人在夜色掩護下展開行動。

或許是今晚的運氣都站到他們這邊，兩人還眞的暢通無阻地從馥曼分部的後門入侵成功。

沒人發現，也沒觸發任何警報，就這麼順利地站到廚房裡。

沒有點燈的廚房自然是伸手不見五指。

紅圍巾掏出一朵發著光的夜光菊，微弱的藍白光線驅散小部分黑暗，讓他們能大致看見物體輪廓。

紅圍巾和黑帽子躡手躡腳地走出廚房。

按照他們的計畫，是先在一樓搜刮，再前進二樓，把值錢的玩意通通帶走。

當然，有人的房間千萬別進去，以免打草驚蛇。

他們這趟行動的重點就是穩紮穩打，最後揚長而去。

令小偷們失望的是，一樓除了廚房，其他房間居然都打不開。

明明門把能一轉到底，可是門板就是文風不動，簡直像整扇門被黏住了。

紅圍巾和黑帽子鬱悶極了，他們懷疑這些房間可能被施了魔法，偏偏他們對魔法一竅不通，只能扼腕放棄。

「說不定門後堆滿金塊……」紅圍巾意志消沉。

「也可能是寶石，很多很多的寶石。」黑帽子情緒同樣低落。

憋著一口氣，他們只能繼續沿著走廊向前走。

倏地，紅圍巾屏住呼吸，抬手阻止了身後黑帽子前進的步伐。

黑帽子沒有多問，前面的光線就是答案。

公會大廳的方向居然亮著光！

換言之，很可能有人在那裡！

紅圍巾和黑帽子交換彼此驚疑的眼神，誰也沒想到馥曼分部那個叫小可憐的負責人還沒睡，甚至仍待在一樓。

都怪公會大廳的窗簾遮光效果太好，室內光線絲毫沒有外露。

若知道公會的負責人還沒睡下，他們絕不會冒險潛進屋內。

但現在說這些都太晚了，他們人已在公會裡，而且不走到大廳，就沒辦法到二樓。

一樓已經一無所獲，說什麼都不能錯過二樓，落得一個空手而返的下場。

兩人強行壓下心中忐忑，毅然決然地邁出步伐。

這一刻的他們還不知道，接下來將目睹多麼恐怖的畫面。

隨著與大廳距離越來越近，紅圍巾二人發現那裡光線不足，甚至有些暗淡，還透著詭異不祥的紅。

等到他們終於走至大廳門口，才明白光線暗淡的緣由。

原來亮的不是燈，而是一排放在地板上的白色蠟燭。被高溫融化的白蠟欲墜不墜地掛在燭身上，宛如一串串蒼白眼淚。

但讓紅圍巾和黑帽子啞了聲音的，不是這些在夜間看起來詭異的白蠟燭。

他們雙腳彷彿灌了鉛，僵在原地不動，表情駭恐地看著有如沐浴在血色之中的公會大廳。

他們的喉嚨像被一隻無形大手掐住，連尖叫也發不出，只能逸出嗬嗬的嘶氣聲。

就在他們的正前方，被蠟燭包圍的大廳中央，一鼎黃銅大釜翻倒在地，多團表面附著黏液的肉塊、觸鬚凌亂地散在一邊。

其中一團暗紅肉塊還在鼓動，發出低沉的怦怦聲，有如一顆剛從胸口剖出的新鮮心臟；好幾截觸鬚尚在緩緩蠕動，好似下一秒會從地面彈跳起來。

在肉塊和觸鬚的包圍下，一道人影倒在鋪著黑磚的地板上。紅色斗篷覆在他纖瘦的身軀，兜帽軟軟地垂在頸後，露出一頭金黃色髮絲。

雖然看不見臉，但從體型來看……似乎是一名少年。

只不過金髮少年此刻一動也不動，就像具冰冷的屍體趴在地上。身下是大灘鮮紅液體，彷彿他體內的血都往外流乾了。

空氣裡混雜著刺鼻的腥味，讓他們呼吸不順，眼睛跟著浮現異樣的刺痛。

兩人雙腿發軟，像剎那間被抽走了骨頭，一時站不住，只能重重地跌坐在地。

他們張著嘴，眼珠子彷彿要從眼眶裡擠出來。他們作夢也沒想到，只是想進來馥曼分部偷個東西……居然會撞見負責人被謀害的現場！

沒錯，肯定是被謀害了。

被某種不明怪物！

那些散落的肉團、觸鬚就是最好的證據。

更讓人毛骨悚然的是，少年身下的血液在緩緩流動。

而且正朝著他們的方向前來，彷如要化成某種駭人的血色怪物，將他們一口吞噬。

「不不不……」紅圍巾後悔死了，恐懼的淚水從眼裡溢出，他想要爬起來，可手腳軟得像麵條，連撐起身體的力氣都沒有。

黑帽子的狀況同樣好不到哪裡去，他的牙齒格格打顫，恨不得時間能夠倒流，那麼他一定不會答應紅圍巾的邀約，和他進入這個如今像被未知怪物佔據的地方。

大廳裡的腥味不知不覺中變得更爲濃烈，小偷們開始控制不住地咳嗽。他們越咳越大聲，心裡的害怕也逐步攀升，深怕自己是不是中了無形的毒，離死亡不遠。

而這份懼意在見到少年的手臂驟然抽動的剎那間衝到最高點，也讓他們歇斯底里地放聲尖叫。

「啊啊啊啊啊！屍變了！眞神啊啊啊啊啊啊——」

隨著小偷二人高八度的慘叫響徹馥曼分部，本來緊閉的黑色大門猛地由外開啓。清爽夜風一口氣灌入，跟著月色一同走進的還有一道窈窕身影。

「晚安，今天月色眞美，眞是一個適合闖入別人家當小偷的日子是不是？如果說是的話我會把你們的鼻子打歪，蛋蛋踩碎喔。如果說不是的話，那你們一開始就不該出現在這了。哎呀哎呀，總不能說是因爲太想跟我聊天了，所以才決定大著膽子偷偷潛入馥曼分部？」

「我該誇你們膽子大呢？還是誇你們居然連腦子都沒帶呢？沒帶腦子的笨蛋可是要受處罰的。把你們的嘴巴鼻子都捏住一小時覺得怎樣？但我會太累還是算了，就叫鬱金負責捏吧。沒錯，讓他出力就好啦，這可眞是一個好主意呢！」

數也數不清的字句如同子彈突突突地不斷發射，要是這些話語能夠變爲實體，恐怕可以將大廳所有人都淹沒在底下。

紅圍巾和黑帽子在昏迷前只剩下一個念頭——

救命！這個女人的話眞的超級多、超級多、超級多、超級多，誰快來讓她閉嘴吧！

卡薩布蘭加不是一個會輕易閉嘴的女人。

在她看來，長了嘴巴當然就是要用來說話，不然還奢望能彼此心電感應，靠心靈溝通嗎？

即便兩個小偷昏厥過去，她還是有辦法一個人說得自得其樂。

況且現場也不只她一人。

「我的小可憐，想我嗎？你再不從地板上起來我就要拿法杖用力戳你肚子啦，看你會不會『噗唧』一聲地跳起來？不過還得先把你翻個面，太麻煩了。那我就戳你……」

「戳妳個大頭鬼！妳才會『噗唧』一聲，只有妳會『噗唧』一聲！」被小偷們誤認爲是屍體的金髮少年猛地跳起，漂亮的臉蛋上染滿大片血污，雖然沒有減損他的美貌，但還是增添了陰森和鬼氣。

鬱金用手背粗魯地抹把臉，不小心抹得太大力，把臉上的紅色弄到了嘴巴上，還吃進一點。他呸呸呸了幾聲，一雙貓兒眼像生氣般吊得高高的。

「我要去換個衣服，很快就下來，很快！」鬱金強調，「妳要是趕趁我不在時……」

「好囉嗦啊鬱金，都回來了當然不會再跑啦。快去換吧，不然我就要親自扒你衣服啦。」卡薩布蘭加揮手趕人。

鬱金像陣紅色旋風跑到二樓，沒過多久又再次回到大廳。

換上乾淨衣物的他仍是裹著紅斗篷，好似這樣能讓他更有氣勢地面對對方。

卡薩布蘭加正揮舞她的法杖，使喚盤繞大廳的黑色藤蔓綁起兩個小偷。

黑藤爬到他們的嘴巴前還猶豫了下，就像徵詢意見般扭動前端。

「唔嗯嗯嗯，要不要把他們嘴巴堵住呢？眞是個好問題。」卡薩布蘭加思考一會，「留他們一張嘴，把他們弄醒還能……」

「堵住！給我堵得密不透風！」鬱金啞著嗓子大叫，「妳別想找機會跟人聊天！」

「知道啦，鬱金小可憐只希望我跟你聊天對不對？」卡薩布蘭加哈哈一笑，讓黑藤把小偷的嘴巴封得密密實實。

「我才沒有，妳別胡說八道！」鬱金白皙的臉蛋漲成一片通紅，似乎打顆蛋上去就能馬上煎熟。

無視鬱金氣得跳腳，卡薩布蘭加饒富興趣地圍著他今夜製造出來的一片狼藉打轉。

「嘖嘖嘖，你把廚房第一個櫃子第三個抽屜裡的湯包拿出來用啦？」卡薩布蘭加鼻子微動，一聞到那刺鼻又帶腥的味道就能判斷出來，「地獄極炎紫椒麻辣火鍋！」

「妳不是說凌晨一點要回來的嗎？所以我火鍋就先煮起來……」說到這裡，鬱金不免惱怒，「說好一點，妳看看現在都幾點了？妳這個騙子！」

「哎呀，人生總是會發生一點不可抗力的事嘛，回來的路上也是。反正我確實是回來啦，你看這部分我就沒騙你了吧。」

「所以時間果然是騙我的！」

「愛計較的男人不會受女人歡迎的喔，別糾結無聊的小事不放了。我現在更想知道的是，你是怎麼把煮火鍋這麼簡單的事搞得像一樁凶殺案？」

卡薩布蘭加舉高法杖，快速地誦唸一串咒語，身旁立即浮現淡綠氣流。

多道綠風颳起，霎時將大廳裡的氣味沖散得一乾二淨。

就連地上的血紅湯汁也被爬過來的黑藤吸得丁點不剩。

開在黑藤上的花朵像人類打嗝般吐出一顆顆泛紅的氣泡，黑漆漆的花瓣尖也染上一點暗紅色。

「因爲煮到一半我看見了。」鬱金把收在口袋裡的眼鏡拿出來戴上，擺出一副嚴肅的模樣，用充滿抑揚頓挫的聲音宣告。

「繁星之下，蒼白的愛人呻吟慘叫，血紅眼睛的怪物將摧毀一切。」

「哈哈，一樣完全聽不懂呢。」卡薩布蘭加渾不在意地聳聳肩膀。她向來能解讀鬱金的話語，除了他的占卜，「來點具體的說明如何？直白點就是跟我說個人話吧。」

「占卜就是不能全說透才叫占卜。」鬱金哼了一聲，「沒慧根的人聽不懂也很正常。不過我還是可以勉強爲了妳解釋一下，我是想看看最近的運勢才占卜的。」

「那你的運勢聽起來要很不順了。」卡薩布蘭加嘲笑，「你剛說的那幾句可不像什麼好事。」

繁星之下，蒼白的愛人呻吟慘叫，血紅眼睛的怪物將摧毀一切。

這之中恐怕只有「繁星」兩字不帶著負面意義了。

但說到繁星……

「繁星……」鬱金的眉頭忍不住皺起，想起某些讓人傷腦筋的傢伙。

「繁星啊……」就連卡薩布蘭加也拉長了聲音，和鬱金想到了同一件事。

與他們關係還不錯的冒險團中，有一支正好叫作繁星冒險團。

外人看來，那是由幾個有著驚人美貌的妖精組成的團隊。可實際上……

卡薩布蘭加彎彎嘴角，「聽說繁星最近在我們馥曼附近活動呢，很可能過不久就會到我們馥曼分部來蹭吃蹭喝。」

「反正我過幾天要到加雅那邊去。」鬱金不認為自己會碰上那群人，「妳別把他們甜死或煩死就好，也不准把他們關起來，強迫他們聽妳說上三天三夜。」

「甜死那個我也沒辦法，馥曼可是砂糖之地呢。至於煩死或是囚禁他們，我是那種人嗎？」

鬱金從鼻子發出哼聲，眼神赤裸裸地明示著——對，妳就是那種人。

為了找人聊天，卡薩布蘭加簡直無所不用其極，手段相當令人髮指。

卡薩布蘭加裝作沒看到鬱金控訴的眼神，「把地上的火鍋料也收一收，這些不能吃了。唉唉，可惜我的地獄極炎紫椒痲辣火鍋，我好不容易才弄到這個罕見湯包的……」

「還有半鍋凝固在大釜裡，再加點水煮就行了吧。火鍋料也還有，我等等去拿。」

重心放在重煮火鍋的兩人沒留意到，一旁的白蠟燭煙氣飄升至一定高度後卻沒有潰散，反而徐徐拼出了鬱金的名字，接著白煙又改變形體，排出了新的兩個字。

——會哀。

第1章

「跟著珊瑚大人衝啊——」

活力十足的吆喝聲迴盪在藍天之下。

白髮、桃紅色眼眸的少女揮舞著形似大槌的法杖，雪白髮絲在風中飄揚，其中一絡染成赤紅，如同烈烈燃動的火焰。

前方是慌亂奔逃的魔物。

它有著薑黃色的皮毛，體型上窄下寬，曲線圓潤，腿又短得幾乎看不見，從背面看就像是一顆逃竄中的大梨子。

而從正面看，它面部扁平，五官都小小的，像是幾粒芝麻點在其上。

至於珊瑚後方——

按照她原本想像，左右的人都該跟著她衝鋒陷陣，聽從偉大的珊瑚大人的指揮。

可後方卻丁點響動也沒有。

珊瑚扭頭回望，頓見左邊的珍珠手捧著書，柔順白髮垂在肩側，專注的神情嫻靜又優雅，即使邊走邊看，也美得像一幅畫。

而右邊的瑪瑙……

不對，應該說本來應該在右邊的瑪瑙，根本不知道什麼時候不見了！

「啊啊啊！」珊瑚也顧不得去追前面的魔物，氣呼呼地直跺腳，「瑪瑙那個大豬頭、大笨蛋！他跑哪去了？不是該聽從珊瑚大人的命令嗎？」

「珊瑚。」珍珠總算從令她愛不釋手的小說中抬起頭，淺淺一笑，「夢話還是在夢裡說比較好喔。」

「我、我才不是說夢話！」珊瑚嘴硬地說，假裝忘記瑪瑙從來沒有一次聽她的話。

相反地，她聽瑪瑙話的次數還比較多。

見窮追不捨的少女不知什麼原因停下腳步，魔物鬆了一大口氣，趕緊加快速度，一溜煙地衝向前方的密林。

幾個起落跳躍，薑黃色的身影消失在她們的視野中。

珊瑚也不管魔物跑了——反正等等再追回來就好，她就是那麼有自信！

「瑪瑙人呢？」珊瑚鼓著腮幫子，氣得像隻膨脹的河豚，「猜拳明明是我贏了，你們都該聽我的！」

「我有聽喔，不然妳也看不到我啦。」珍珠的語氣仍是一樣溫柔，只不過視線早已垂下，被書裡文字牢牢吸引住。

「妳到底又在看什麼奇妙的書？」珊瑚好奇地跑到珍珠身邊，腦袋跟珍珠的擠在一塊，就像隻黏人的小狗。

「伊斯坦先生的新作品。」珍珠合起書，讓珊瑚能清楚看見封面的大字。

《嬌嬌花椰菜，一胎三寶衝入海》。

珊瑚的臉皺成一團，每一個字她都看得懂，但組合在一起只覺得問號滿天飛。爲什麼花椰菜會嬌，三寶又是什麼意思，而且花椰菜才不會游泳。

但珊瑚從以往無數次經驗學到教訓，說什麼都行，就是不能說珍珠偶像作品的壞話，不然她會沒了笑容，冷冰冰地看過來。

那比瑪瑙看人還可怕，大熱天都像是要被凍成冰棒。

「啊，不對！所以瑪瑙到底跑哪去了？他人呢呢呢？該不會……」珊瑚驀地臉色大變，「他偷跑回翠翠身邊了？太過分，他怎麼能這樣！」

「別擔心，我想他不是偷偷回到翠翠身邊。畢竟我們之前說好了，誰要是沒抓到好吃的魔物就跑回去，誰就是小狗。他大概是繞到別的方向，去抓魔物了。」

聽到瑪瑙不是偷跑回翡翠身邊，珊瑚剛要鬆口氣，不過鬆到一半又霍地提起。

啊，那更可惡！居然背著珊瑚大人偷跑！

她才不會讓瑪瑙的計畫成功！

第一個抓到好吃魔物、帶回去翡翠面前獻寶的人，只能是她！

想到留在營地、等著自己帶回食物的翡翠，珊瑚的鬥志很快又升起，像旺盛的火焰熊熊燃燒。

「珍珠動作快，我們快點追上去！」

「不了。」珍珠拒絕，「我就是喜歡慢慢的，快的話就不能好好看書了呢。」

但我們現在是抓魔物，不是看書啊！珊瑚憋了一肚子的話說不出口，只能發洩般地跺跺腳。

誰教珍珠一旦決定好某件事，誰都不能改變她的心意，除非那個人是翡翠。

最後珊瑚只好一個人扭頭往密林中跑去。

「咩啊啊！咩啊啊啊！咩咩咩！」

伴隨著獨特的求救聲響起，林中凌亂生長的枝葉被衝撞開，薑黃色的魔物跑得上氣不接下氣。

它的名字就叫薑黃，是種弱小無力，但很能跑也很能生的魔物，也就是後代特別特別多。

只要在巢穴附近喊個一聲，馬上就能得到幾百道回應。

薑黃時不時地咩咩叫，希望附近正好有它的子孫或同胞能聽到。

它的運氣不算太好也不算太壞，雖然喊了半天沒得到丁點回應，但後頭也沒有傳來任何代表危險的動靜。

薑黃回頭望去，只見蔥郁草木林立，沒看到頭上頂著大蝴蝶結的少女。提起的一顆心總算安放回原處，雙腳也放慢速度直到完全停下。

薑黃用短短的手扶著一棵大樹喘著氣，只覺倒楣透頂。

它們這一族最喜歡漂亮的頭髮。

發現目標後，就會想方設法地把人抓回、綁到巢穴，再一根根地拔下獵物的頭髮當作收藏品。

等獵物的頭禿了，就吃個精光，留下的骨頭還能用來磨牙或爪子。

薑黃偶然發現三名美麗的妖精走在路上，潔白如雪的髮絲在陽光底下閃閃發亮，瞬間攫住它的目光，重重打中它的心。

太太太……太好看了！絕對是至今見過最美麗又最滑順的頭髮。它馬上生出濃濃的渴望，恨不得將那些頭髮全部佔爲己有。

三名妖精分別是兩女一男。

男的看起來氣勢有點嚇人，可女的顯然柔弱可欺。看看她們柔嫩雪白的手腳，就知道她們一定手無縛雞之力。

薑黃覺得就算是憑自己弱小的力量，也能抓住那兩名妖精少女。

然後薑黃就學到了一句話——想像很美好，現實很殘酷。

誰知道綁著大大蝴蝶結、頭髮還染著一抹紅的女孩竟如此凶暴！

薑黃才剛齜牙咧嘴地展現攻擊意圖，那女孩就突地變出一柄大槌，毫不留情地往它的腦袋用力捶下。

薑黃差點以為自己的腦漿會被打出來，還好它逃跑的速度夠快，才有辦法死裡逃生，逃出那個恐怖妖精的魔掌。

回想方才的遭遇，薑黃仍心有餘悸，它應該把目標放在另一個一綹頭髮染成藍色的少女才對。

就算在同伴暴起猛捶自己的時候，那名少女依然文靜地低頭看書。

看書等於是書呆子，等於是沒有反抗能力……薑黃腦中跑完這個等式，頓時後悔得腸子都要發青。

也許……它可以偷偷折回去，說不定有機會碰上那名文靜妖精落單的時候？

這個念頭一冒出來就再也無法壓下。

薑黃的小眼睛飛快燃起光芒，它急急轉頭，想要實行，不料一抬眼就撞見一抹影子。

薑黃的心臟差點停了，它張大嘴，聲音因為過度驚恐而被哽在喉嚨深處。

它什麼都沒察覺到，連這人什麼時候出現的都不知情。

如同鬼魅佇立在薑黃面前的，赫然是妖精三人組中唯一的男性。

他個子很高，身形挺拔如勁竹，白髮紮綁成俐落的馬尾，眉眼鋒利凜冽，金黃色的眼眸像是揉入了日光碎片，卻不帶絲毫溫度。

第一眼看到他的時候，會先被他迫人森冷的氣勢震懾，忽略了他俊美的相貌。

薑黃雙腿忍不住有些發軟，面前的男性妖精散發的寒意太嚇人，就算再次見到那頭夢中情髮也讓它生不出喜悅。

它死命地貼著樹幹，好不容易才擠出聲音，「你你你……你是什麼時候……」

瑪瑙沒有回答，他對無關緊要的生物吭個一聲都懶，只手往腰間一抹。

薑黃不知道對方是從哪裡拿出武器的，它只知道自己不過一個眨眼，對方手裡已平空出現一柄造型奇特的羽刀。

刀身鋒利，刀面上還張揚著幾片薄刃，宛如羽毛貼合在上。

「咩啊啊！咩啊啊啊！咩咩咩！」薑黃不會傻得以爲那把刀只是拿出來讓它看的，它恐懼地扯著嗓子尖叫，「咩啊啊！咩啊啊啊！咩咩咩！」

薑黃的求救聲又尖又高，近距離聽簡直就像是用指甲刮玻璃的聲音，讓人本能地感受到排斥和厭惡。

沒有忽略面前的男妖精似乎因此受不了而後退一步，它立刻抓住得來不易的機會，雙腳用力蹬地。

薑黃色的梨形身影爆發驚人的彈跳力，霎時便從瑪瑙頭頂飛躍而過，雙手抓住上方橫出的樹枝，再使勁一盪，一下子就與瑪瑙大幅拉開距離。

瑪瑙沒有立刻追上，但他手腕微動，羽刀迅雷不及掩耳地射出。

薑黃雙腳剛落地，屁股就傳來劇痛，它驚恐地往後一摸，摸到一把刀插在自己身上。思及刀的主人還在身後，很可能隨時追上，顧不得疼痛，它連滾帶爬地往前衝。

「咩啊啊！咩啊啊啊！咩咩咩！」

可薑黃千算萬算，就是沒有算到前方樹叢後會冷不防冒出一道人影，它要煞住腳步已經來不及。

前頭的人也像被嚇了一大跳，但反應奇快，靈活地躲開被衝撞的命運。

薑黃卻沒有。

因爲那人身後赫然還有另一棵樹。

長得像大梨子的魔物一頭撞上樹幹，眼前驟然浮現一片黑，黑暗中還跑出成串金色星星打轉。

「斯利斐爾，羊叫聲是從這方向來的對吧？烤羊腿、羊肉爐、沙茶羊肉、脆果羊小排、酥皮羊肉派、爆炒羊肉……希望是隻大肥羊。」

清晰的口水吞嚥聲傳進了薑黃耳內，它暈頭轉向地掀開眼皮，瞬間遭受強烈衝擊。

居然又是一名妖精。

這是它遇見的第四名妖精了。

今天是什麼妖精之日嗎？

而這名綠髮妖精的美貌，與先前那三人比，有過之而無不及。

直白一點就是，這個更美！

薑黃當即被迷得七葷八素，連森林裡怎麼又冒出一名妖精都沒懷疑。它貪婪地盯著綠髮青年的頭髮不放，像是春天嫩芽的顏色真的太好看了。

好看得讓它想一根根拔下來。

「奇怪，好像沒看到羊……」翡翠四下張望，視線最後回到前方地面，臉上浮現迷惑，「這是一顆……梨子嗎？還毛茸茸的耶。」

薑黃猶然沉浸在美色中，忘了開口駁斥自己才不是什麼梨子。

沒想到應該只有一人一魔物的林中，突然出現第三人的聲音。

「您的眼睛終於瞎到這種地步了嗎？」飄浮在翡翠肩側的光球說道。

「不不不，你看這形狀，這圓潤流暢的曲線，是梨子沒錯！」翡翠堅持看法。

斯利斐爾懶得吐槽了，反正他早知道自己跟隨的這位精靈王是個空有臉蛋的智障。

「喂，不准在心裡偷罵我！」翡翠的直覺雷達滴滴作響。

「在下明白了。」斯利斐爾從善如流地改過，「您是個空有臉蛋的智障。」

他沒有在心裡偷罵，他光明正大地說出來了。

「幹！」翡翠反射性罵了髒話，又忙不迭張望四周，幸好沒見到任何熟悉身影。

他可不想在自家小精靈面前罵髒話，會教壞小孩子的。

原本翡翠應該留守營地，等著瑪瑙、珍珠，珊瑚帶回他們找到的食物。

順便略帶惆悵地懷念自己原來的那個世界。

他拯救了法法依特大陸後，羅德、謝芙兩位眞神實現了最初的承諾，讓他回到自己的世界。

重生時間還被往前調了，讓他一個準大學畢業生成了高一生。

眞神更把斯利斐爾跟瑪瑙、珍珠、珊瑚一併送來。

只是三名精靈氣力用盡，變回金蛋，需要時間重新孵化出來。

但無論如何，翡翠都非常感激眞神的這份大禮。

讓他就算在原世界也有小精靈跟斯利斐爾的陪伴。

唯一沒料到的是——也可能是他本能地不去想，彷彿這是個不能說出來的禁忌——

隨著時間流逝，當他再次成爲準備畢業的大四生，那場「意外」也一併發生了。

車禍終究無法避免。

如同已經註定好的命運無法被改變。

翡翠依舊迎來了那個世界的死亡。

他也才恍然回想起來，眞神實現的其實是他將身體奉獻出去後的那個願望。

他想要好好地跟親朋好友告別。

於是眞神給了他這幾年的時間。

與親人朋友分別始終讓人痛苦，但也許是有了第一次的經驗，這一次，翡翠能稍微坦然面對了。

起碼他沒有再因爲對「活下來」過度執著，引來會吞噬人心欲望的妖怪。

他在原世界死亡，於法法依特大陸再次迎來新生。

陪伴他一塊回來的當然還有斯利斐爾跟已從金蛋孵化出來的瑪瑙、珍珠、珊瑚。

他們四人一回到法法依特大陸就恢復了原來的外貌和力量。

而這個世界似乎沒有太大的改變。

冒險公會的負責人記得他，路那利和思賓瑟也還是他們繁星冒險團的機動人員，紫羅蘭也不曾忘記要追著他以身相許。

但還是有一些更好的變化。

暗夜族沒有遭遇悲劇，傻乎乎的小公主至今仍讓近衛們傷透腦筋。

白薔薇對待黑薔薇和灰罌粟以外的人依舊毒舌刻薄。

——世界重來，時光倒轉，被破壞的都恢復，已逝之人皆復活。

唯獨縹碧，再也不復存在。

一邊坐著一邊惆悵著，翡翠忽然聽見風中傳來模糊的咩咩叫，還叫得極為急促，儼然碰上什麼危機。

翡翠馬上站直身體。

說到羊，就想到他的好朋友，桑回．伊斯坦。

除了是珍珠崇拜的小說家兼冒險公會華格那分部負責人，還是幻羊族的一員，原形就是隻閃閃發亮大金羊。

桑回常常在外地跑，荒郊野外中出現他的行蹤也不奇怪。

此刻聽見的羊叫聲，說不定就是他的好朋友正陷入危難，急須他的援手！

爲了雙方之間的堅定友情，翡翠說什麼都要趕到那個疑似桑回存在的身邊。

沒錯，爲了桑回的羊腿、羊胸、羊屁股，他一定會救對方脫離水火之中的！

假使斯利斐爾能聽見翡翠這一刻的心聲，他定會冷漠犀利地說：您那不叫友情，叫食欲。

在營地留下簡單訊息，以免瑪瑙他們回來找不到人、陷入慌亂，翡翠馬不停蹄地追尋一聲又一聲的咩咩叫而鑽入了森林裡。

結果桑回沒找到，倒是先撞見了一隻外形像大梨子的魔物。

「這是薑黃。」斯利斐爾平淡地爲翡翠解說，展現他身爲眞神代理人全知的一面，「一種低階魔物，弱小、速度快、繁殖力驚人。只要放兩隻薑黃在一起，一年就能收獲超過一百隻薑黃。」

「哇！眞能生！不過，我不想知道這個。」翡翠對這類情報不感興趣，「我只想知道……」

斯利斐爾像是勉爲其難地吐出兩個字，「……能吃。」

翡翠等的就是這個答案。

通常斯利斐爾懶得多作說明，就表示這個「能吃」，還包含著「不錯吃」、「很好吃」之類的含意。

翡翠舔舔嘴唇，眼裡冒出光芒，看著地上的魔物就像在看一道美食。

斯利斐爾的聲音讓薑黃驟然回過神，它沒找到對應聲音的存在，翡翠肩上的光球被它忽略了。

但它也沒多想，只一心一意想把翡翠打暈，拖回自己的巢穴飼養。

它朝翡翠齜出尖尖的牙，兩隻小短手也亮出像小刀似的爪子，喉嚨滾動幾聲威嚇的低吼，就像顆薑黃色的炮彈猛力衝出。

面對薑黃來勢洶洶的突擊，翡翠眉開眼笑，大表歡迎。

他手指探向腰間，在薑黃撲上來的前一刻抽出迷你小木杖。

雙生杖轉眼恢復正常大小，球棒般被翡翠握在手中，下一秒重重掄上薑黃的身體。

薑黃被打得失去平衡，再次踉蹌倒地。

不待它重新爬起，法杖的擊打已如驟雨般落在它的臉上、身上，痛得它慘嚎連連。

「咩啊啊！咩啊啊啊！咩咩咩！」薑黃驚慌失措地尖叫求救。

翡翠吃了一驚，手上動作沒停下，「不是吧？我剛聽到的羊叫聲就是你發出來的？眞沒想到梨子還能咩咩叫！」

「咩啊啊！咩啊啊啊！咩咩咩！」薑黃無暇反駁自己才不是梨子，它扯著喉嚨拚命求救，一雙短手慌張揮舞，想要掩護自己，無奈手實在太短，擋都擋不了。

正當薑黃絕望之際，沙沙聲響倏地從後方傳來。它心中生起一線希望——自己的同族終於找過來了。

薑黃奮力地往後仰著頭，試圖看清來者模樣。

葳蕤枝葉被撥開，一道身影疾風般竄了出來。

薑黃全身黃色皮毛似乎都被嚇得褪色。

來的不是它以爲的同族，赫然是先前對它窮追不捨的蝴蝶結少女。

「翠翠！」珊瑚驚喜大叫。

「珊瑚？」翡翠先是吃了一驚，接著露出笑容，沒想到會在這碰上自家的小精靈，「珍珠和瑪瑙沒跟妳一起嗎？」

「珍珠在後面看書，看……」珊瑚擰眉努力回想，「看桑回寫花椰菜游泳。瑪瑙不知道，丟掉了，我們乾脆就不要他了。」

「不行。」翡翠笑咪咪地否決珊瑚的小私心，「不能不要喔。」

珊瑚噘著嘴，隨即又被地上的薑黃吸引注意力，「這是剛剛從珊瑚大人手下偷跑掉的傢伙！翠翠你抓到它了？」

「嗯，正好碰上，斯利斐爾說它挺好吃的。」

「在下只是說能吃。」

球。

「你的能吃通常就代表好吃啦。」

「翠翠要吃嗎？那珊瑚大人替你烤熟它！」珊瑚指尖出現小火苗，下一瞬壯大成火球。

求生意志讓薑黃爆發出一股力量，及時用力翻動身軀，驚險地避開火球軌跡。但仍有火焰擦過薑黃的皮毛，森林裡頓時瀰漫著一股濃濃的氣味。

翡翠抽動鼻子，被這香氣誘得心神蕩漾，「這味道……是炸雞！」

薑黃加熱原來是炸雞的香氣嗎？這也太棒了吧！

薑黃現在全身沒有一處不疼，尤其屁股還被捅著一把刀。面對死亡陰影逼近，它渾身冒冷汗，絞盡腦汁想著該如何逃出生天。

「你不能殺我……你要是殺了我，我的子子孫孫一定會來爲我報仇的！我可是有五十個兒子，一百個孫子孫女！」薑黃聲嘶力竭地恫嚇，冀望能靠人海戰術嚇退翡翠。

可它怎樣也沒料到，翡翠聽了竟大喜過望。

「什麼？還有這種好事嗎？根本是炸雞吃到飽，太爽了吧！」

珊瑚不太懂薑黃幹嘛要炫耀自己兒子、孫子很多，但她知道翡翠想吃地上的魔物。

她將法杖前端對準薑黃，不給後者呼救或慘叫的機會，巨大火束如獠牙噴出。

薑黃轉眼就被燒成一大塊冒著白煙和炸雞香氣的熟肉。

「好耶，是珊瑚大人最先為翠翠抓到好吃的魔物！」珊瑚握著拳頭，歡天喜地地為自己慶祝。

倏然出現的冷淡男聲不客氣地潑了一盆冷水，「先抓到的人是我才對。」

珊瑚一看到瑪瑙就哼哼幾聲，「瑪瑙是笨蛋吧，明明是我。」

「它背後還插著我的刀，在妳噴出那會害翠翠熱到的火焰之前，那隻魔物早就快死了。」

「什麼？你騙人！」珊瑚連忙將烤熟的薑黃翻面，一雙桃紅色的眼睛瞠大。

薑黃的屁股上還真的插著一把刀，只不過因為擠壓的關係，只剩刀柄露在外面。

發現自己居然不是第一個帶給薑黃重創的人，珊瑚無比失望，腮幫子更是用力鼓起，讓她像隻惱怒的河豚。

她跺了幾下腳，把積壓的鬱悶都發洩後，很快又被其他事拉走注意力。

「珍珠好慢啊，我去找她！」珊瑚往自己來時的方向，拔腿風風火火地跑走。

「希望這個魔物的子子孫孫都快來追殺我吧。」翡翠對著薑黃的屍體合掌，眞誠地祈求。

只要想到未來能實現「炸雞自由」的願望就期待得不得了。

瑪瑙拔出羽刀，替翡翠削掉薑黃表面微焦的皮毛，割下一片粉嫩肉片，放到乾淨的葉片上，讓他可以捧著吃。

「聞起來眞的好像炸雞啊……」翡翠被香氣刺激得直冒口水。眼前帶點淡紅的肉片教人食指大動，咬下去更是鮮嫩多汁，如同吃下最軟嫩甘甜的雞肉，「吃起來也像。」

一會兒過後，珊瑚拉著珍珠回來了。後者雙眼微垂，仍沉浸在小說世界中，直到聽見翡翠的聲音，才將書合上收起。

「翠翠，是誰贏了？」珍珠微笑問道。

珊瑚很想大喊是自己，可憶起瑪瑙早一步捅刀的事實，只好不甘願地癟癟嘴。

「算平手啦……珊瑚大人勉強讓個幾步。」

「不管是瑪瑙還是珊瑚都超棒，當然珍珠也一樣棒。」翡翠誇人沒忘記要公平。

不管是瑪瑙、珍珠或珊瑚，都喜歡來自翡翠的誇獎。

看著三張燦若春花的笑顏，翡翠霍地冒出一個念頭。

自己在浮空之島「死亡」後，沒機會好好看著小精靈長大，錯過了他們重要的成長時期，現在想想眞的太令人遺憾了。

不行，遺憾說什麼都要彌補才可以。

最好的辦法就是……一個紀念儀式，還有豐盛的禮物！

「斯利斐爾。」翡翠果斷朝光球形態的眞神代理人伸出手，「給我錢。」

斯利斐爾充耳不聞，任憑那幾句話左耳進，右耳出。

精靈王要錢只會是買買買、吃吃吃，吃多了也補不了對方那顆沒救的腦袋，還不如省下來。

可翡翠的下一句話，讓斯利斐爾改變了心意。

「要給瑪瑙、珍珠和珊瑚買禮物的。」

「什麼禮物？」聽到是跟瑪瑙他們有關，斯利斐爾的口氣不自覺放軟。

翡翠一邊嘀咕著這態度跟對自己眞是天壤之別，一邊又想著瑪瑙他們那麼可愛，這種態度也是應該的。

「成年禮、成年禮啊，小孩長大總是要慶祝的嘛。」深怕被瑪瑙等人聽見，破壞驚喜，翡翠繼續在腦中和斯利斐爾對話，「當年錯過了嘛，雖然那時我也爬不出來。」

誰教他都掛了，人都沒了，最後還得靠斯利斐爾跟紫羅蘭聯手，費盡千辛萬苦才將他復活。

斯利斐爾罕見地認爲翡翠的話很有道理。

爲了三名精靈，買再多禮物都是不爲過的。

斯利斐爾變回銀髮紅眼的男人樣貌，摸摸口袋，然後面無表情地看著翡翠。

「怎麼了？」翡翠精準捕捉到對方眉毛挑高一咪咪的角度，這表示有狀況發生。

「沒錢了。」斯利斐爾給出簡潔有力的三個字。

翡翠花了點時間才反應過來。他瞪大眼，不敢相信自己會聽到這個晴天霹靂般的壞消息。

「怎麼可能沒錢！」他撲向斯利斐爾，揪著對方領口搖晃一頓，好似這樣做就能搖出大把錢幣，「錢不是都放你那邊嗎？」

「但您每天都會跟在下拿錢。」斯利斐爾要翡翠好好回想，「昨天、前天、大前天……更多天。」

「我哪有花那麼凶，我……」翡翠語氣弱了下去，「應該沒有吧。」

最後幾字翡翠說得心虛萬分，因爲他想起來，這陣子他好像……眞的，天天都照三餐、下午茶、晚茶、宵夜，跟斯利斐爾討錢。

如果只是翡翠自己想買吃的，斯利斐爾不會那麼容易把錢給出去。

偏偏他是打著要跟瑪瑙、珍珠、珊瑚一起分享美食的名義，對三精靈總是格外縱容的斯利斐爾自然是大方掏錢買單。

掏著掏著，錢包就這麼空了。

「斯利斐爾這時該主動讓翠翠吃一口，來穩定翠翠的情緒。」雖說聽不見翡翠和斯利斐爾在爭執什麼，但瑪瑙還是能看出翡翠神情激動，「或者我可以代勞，讓翠翠吃一口兩口、很多口。」

珍珠捧著書，默默地遠離瑪瑙。

她就知道這人的願望始終如一，要不是如今體型太過巨大，只怕他仍然想把自己塞進翡翠的嘴巴裡，讓人把他吃下肚。

這癖好眞的是……太一言難盡了。

「斯利斐爾，你快變出錢！」翡翠還是不願接受他們變成窮光蛋的殘酷事實，「你可是萬能的眞神代理人！」

「在下再如何萬能，也比不上您花錢的速度。」斯利斐爾一針見血地指出問題。

翡翠張張嘴，發現自己一時無話反駁。

沒有錢不只能難倒精靈王，也能難倒眞神代理人。

兩人沉默以對，眼神寫著對彼此的嫌棄。

斯利斐爾認爲都是翡翠花太凶。

翡翠則認爲都是斯利斐爾不阻止他。

「沒辦法……」經過一番苦思，翡翠毅然做出決定，「只能這麼辦了。」

「怎麼辦？」斯利斐爾問道。

翡翠砸出了鏗鏘有力的兩個字。

「賣身！」

第2章

賣身當然不是眞賣身。

是出賣勞動力。

翡翠不是沒考慮過出賣一下色相，例如讓人看臉看幾小時，收個幾百晶幣之類的。

但猛然想到這事要是被路那利知道，感覺自己會被用重金關上一個月的小黑屋，一天二十四小時被盯著看。

看著看著，有不良前科的水之魔女說不定爲了能看上一輩子，就把他變成標本。

翡翠沉默一下，把這恐怖的畫面揮去。

做人果然還是要務實、腳踏實地一點。

「我得提醒你，腳踏實地跟你要求的委託條件聽起來一點關聯都沒有。」看著坐在櫃台前的翡翠一行人，加雅分部負責人流蘇挑高眉梢，將垂在胸前的粉紅大辮子往肩後一撥。

他是一名體格高大、五官輪廓充滿野性的男人，一頭粉紅長髮格外搶眼，身上鮮艷多彩的衣飾配色更讓他像個行走的調色盤。

但這些繁複色彩不但沒有壓住他的風采，反而更突顯他狂放不羈的氣質。

「我心裡想著腳踏實地，但嘴上還是堅持要求錢多事少離家近。欸，不對，離家近不用。」翡翠覺得做人要誠實，所以他理直氣壯地提出自己的工作要求。

流蘇乾脆地給了一個大白眼，「你想得眞美。」

「哪裡哪裡，誰教我也長得美嘛。」翡翠毫不謙虛地說。

非營業時間的加雅分部冷清得很，寬廣的大廳裡就只有流蘇和無預警拜訪的繁星冒險團。

橙橘霞光從窗外透進，在黝黑的地板和牆面灑落不規則光斑，也照亮那些隨處可見的人形凹印。

從輪廓可以看出都是屬於嬌小玲瓏的女孩子所有。

這也算是加雅分部裡的另類裝飾特色。

原本在馥曼附近活動的繁星冒險團爲何突然橫越南大陸，由西跑至東邊的加雅……

原因其實很簡單。

就是為了賺錢。

或許有人會認為這未免也太大費周章了，在馥曼或其他地方直接接委託不是更快、更簡單嗎？

翡翠會說，不不不，起碼在加雅他能躺著賺！

「錢多事少的工作，你肯定能提供給我的。」翡翠也不繞圈子了，笑嘻嘻地說道：「試藥啊，只要是安全無害又好吃的藥，我通通可以替你試，然後躺床上等藥效發作就行了。」

「唔嗯……」這倒是打中流蘇的心了。

身為一名藥師，又是喜歡研發新藥的藥師，流蘇最希望有個實驗對象讓他試藥。

可惜就算他以重金徵求試藥人員，還是沒有人願意犧牲奉獻肉體。

如今翡翠自願上門當冤大頭……啊不是，是偉大的實驗素材，流蘇的確不想放過這難得的大好機會。

「不過這次只有你們幾個嗎？不是還有兩位團員？」流蘇目光掃了下，確定門外沒有其他身影。

「唔，路那利回神厄代班一陣子，他們那邊有個教官因爲犯相思病請假休養了。聽說是瑞比哭著求他回去，我覺得這話的可信度還是要打個折扣。」

憑瑞比張揚囂張的個性哪可能說哭就哭。

不過如果是被教團兼神厄的偶像珂妮，用重拳暴力逼迫的話，倒是很有可能。

「而思賓瑟嘛……」翡翠沉吟了下。

「我知道、我知道，珊瑚大人知道！」珊瑚搶著替翡翠說明，「它院子裡的蘿蔔前些日子被偷了，它揹上它的流浪小包包，立誓要把小偷抓回來，然後把人面蘿蔔塞滿小偷身上的所有洞！爲什麼一定要塞進洞裡？洞是什麼洞啊？」

「這不是珊瑚妳該了解的事呢。」珍珠溫柔淺笑，「下次思賓瑟再對妳說這些，妳就拿蘿蔔用力砸它腦袋吧。」

「唔喔喔喔。」珊瑚懵懵懂懂地點頭，反正珍珠說的總沒錯。

流蘇了解了，總之那兩個機動成員不在，繁星這一回就是五人組合。

他沒有猶豫太久便答應翡翠的要求，優秀的試藥人員向來可遇不可求，錯過這次不曉得要等多久。

翡翠對這份工作信心滿滿，想著自己都特別央求要安全無害又好吃的藥，總不可能再吃出什麼千奇百怪的問題吧。

事實證明，他還是太天真、太低估流蘇的新藥了！

接下來的十天，翡翠試了三種新藥。

第一輪的藥吃了讓他的身體變得像麵團一樣，散發麵粉香氣不說，咬下去的口感還與剛出爐的麵包一樣，柔軟中帶著韌勁。

第二輪的藥讓他從頭到腳瀰漫著烤肉香，手指更是變得跟炙烤牛肉切片一樣的紋理和顏色。

第三輪的藥則是使他的手腳變成果凍，左手是百香果味，右手是草莓味，兩隻腳則是芒果味。

以上三種，確實符合安全無害還好吃。

可翡翠全然沒預料到……會連他自身都變得能吃啊！

幸好斯利斐爾當機立斷地把翡翠的嘴巴封住，否則只怕他真的連自己都能吃下肚。

倘若不是流蘇開的酬勞真的很好，可以替自家小精靈買上一大堆禮物，翡翠說不定就撐不過這些日子了。

流蘇的藥真的實在太喪心病狂。

沒有極限，只有更加超越！

好不容易熬過試藥期，身體總算恢復正常，沒有麵粉香、烤肉香，更沒有水果香，翡翠來到流蘇的藥室向對方報到。

要知道這十幾天對他而言簡直太折磨，每天美食在眼前晃卻不能咬的滋味，又有誰知道。

尤其那美食還是自己。

每每回想起來，翡翠忍不住慶幸還好有斯利斐爾，不然他真的會腦子一熱，不管不顧地連自己都吃。

等回過神、看到自己少了手或腳，真的是哭都哭不出來。

確定流蘇給的酬勞已足夠買很多很多禮物給瑪瑙他們，翡翠果斷拒絕了對方意圖再塞過來的第四輪新藥。

「眞的不再來一次嗎？只要喝下去，躺在床上就會有錢囉。」流蘇不死心地遊說。

「不了不了，爲了保有健全的身體，我覺得我們到此爲止吧。」翡翠飛快搖頭，不忘與流蘇拉開安全距離，看對方手上的螢光藍藥劑就像看著可怕的毒蛇猛獸。

「如果你沒興趣，瑪瑙、珍珠或珊瑚不知道有沒有……」流蘇話都還沒說完，就遭到翡翠的強力反駁。

「沒有！絕對、肯定、鐵定沒有！」翡翠斬釘截鐵地說，「啊，不過斯利斐爾也許可以。」

換流蘇拒絕了，「他不行。」

「你怎麼知道不行？」翡翠驚訝地問。

「就當負責人的直覺吧。」流蘇聳肩，「不管是藥還是毒，估計對他都沒效果。」

翡翠得承認這位負責人的直覺很敏銳，世上恐怕沒有任何東西能對眞神代理人產生作用。

「不過你剛是不是說了『毒』這個字？你也知道你的藥跟毒差不多喔。」

「哈哈，不管什麼藥都有毒性。有句話不是這麼說的嗎？是藥三分毒。如果你對這方面有興趣……」

「沒有，謝謝，不用聯絡了。」翡翠對不能吃或難吃的東西沒什麼興趣，毫不留戀地跑出流蘇的藥室。

瑪瑙、珍珠和珊瑚早就在藥室外等，見翡翠毫髮無傷地走出來，登時鬆了一口氣。在他們看來，流蘇的藥室宛如會吃人的怪物。

「斯利斐爾呢？」翡翠注意隊伍少了一個人，也可能是一顆球。

得到的是三顆雪白腦袋一同地搖著頭。

翡翠也只是嘴巴問問，反正斯利斐爾不會走丟，再不行，他還能靠腦內頻道尋找對方的蹤跡。

「算啦，不管他。」翡翠領著三條大尾巴往外走，來到公會大廳時差點和一道人影撞個正著。

「翠翠小心！」瑪瑙眼疾手快，藉著手長優勢及時拉住翡翠。

險些與翡翠撞上的是一名金髮少年，他手裡端著一盤杯子蛋糕，精緻的臉蛋在看清翡翠等人時躍上驚愕。

「鬱金？」翡翠驚訝地喊出來，沒想到會在加雅分部看見馥曼的負責人，「你什麼時候來的？」

他趕忙又往鬱金後頭一看，幸好沒見到卡薩布蘭加。

鬱金似乎沒聽見翡翠的問話，他愣在原地，目瞪口呆，忍不住懷疑自己的眼睛。

他飛速地眨眨眼，面前的人還在。他再次眨眨眼，綠髮黑眸的青年仍舊沒有消失。

不是眼花產生的幻覺。

所以說……是眞的？

「爲什麼你這專門騙吃騙喝的傢伙會在這裡出現！」鬱金不敢置信地大叫，過度的震驚讓他失手摔了餐盤。

玻璃盤子在地上碎裂成幾大瓣，小巧可愛的杯子蛋糕被不知從哪衝出來的雪絨及時搶救到。

只不過雪絨雖然捧住了杯子蛋糕，但她左腳絆右腳，整個人瞬間控制不住地往前撲倒，臉部直擊地板，發出重重的聲響。

雪絨趴在地上，唯有雙手仍費力地舉得高高，力求杯子蛋糕不要受到絲毫損傷。

「先幫我拿著。」鬱金接過雪絨搶救下來的杯子蛋糕，把它們往翡翠手裡一塞，再伸手奮力拉起雪絨。

「幸好蛋糕沒摔到呢。」雪絨嬌憨地笑著，即使方才臉部直擊地面，她的鼻尖卻連紅也沒紅，反倒是堅硬的黑色金屬地板凹陷出了一個鮮明的人形印子。

即便看了多次，翡翠還是對雪絨身體的堅硬程度感到無比驚歎。

這名外表嬌弱的妖精究竟是由什麼構成的？

鬱金轉頭想拿回自己的杯子蛋糕，突然看見翡翠有所動作，一雙貓兒眼猝然震驚瞠大，「你對我的蛋糕做了什麼！」

「嗯？什麼？」翡翠看看鬱金，再看看手裡被咬得只剩一口的杯子蛋糕，他把最後一口扔進嘴裡，含糊地說，「粗蛋糕啊。」

「我是叫你幫我拿，不是叫你吃！」鬱金暴跳如雷，像隻炸毛的貓咪，金髮似乎跟著絲絲豎起。

「叫我幫你拿，不就是要我幫你吃的意思嗎？」

「這兩句話完全不一樣吧，你是怎麼解讀的？你知道你吃了什麼嗎？」

「吃了杯子蛋糕，挺好吃的。奶油甜而不膩，還有著香香的杏仁味，海綿蛋糕也很濕潤。」翡翠坦率地發表感想，「哪邊買的？等等我也想去買一些回來。」

「這個蛋糕，是流蘇替鬱金做的喔。」回答的人是雪絨。

「……妳說誰做的？」翡翠以爲自己耳朵出了問題。

「流蘇。」雪絨很樂意再說一次，還貼心地補充了細節，「昨天他在藥室裡揉好麵團，加了很多很多的這個那個，然後今天早上送到烤箱去烤的，剛剛才出爐呢。」

翡翠突然覺得剛吃下去的東西一點也不香了，他乾巴巴地擠出句子，「很多很多的這個那個……到底是哪個？」

「太多了，不清楚呢。」雪絨軟軟地說，「但吃下去可以變○○喔。」

「那個○○又是什麼？」翡翠頭皮發麻，腦內警報瘋狂響動。

「那是我們妖精語的說法。」雪絨說，「換成通用語就是……」

還沒等雪絨解釋完，翡翠眼前驟然一黑，瞬間像被剪斷引線的木偶，直挺挺地往前栽下。

他甚至來不及聽見瑪瑙、珍珠和珊瑚驚恐的叫喊。

「翠翠！」

「你對翠翠做了什麼？」瑪瑙動作最快，及時攬住昏迷的翡翠，金瞳森冷地瞪向鬱金，如刃眼神彷彿化成實質，要在鬱金身上戳刺出血洞。

「你是欺負翠翠的大壞蛋！」珊瑚手中握住恢復正常大小的雙生杖，緋紅火焰圈圈纏繞其上，隨時都會凝聚成凶猛的火球，對準鬱金發射出去。

珍珠不像兩名同伴拋出尖銳的指責，只是靜靜地注視著鬱金，淡白光壁同時在鬱金身後浮現，堵住了他的去路。

面對三人有如在看凶手的目光，鬱金也惱了。

蛋糕被人吃掉的是他，蒙受不白之冤的也是他，他這是招誰惹誰？

他的占卜果然沒錯，和繁星冒險團扯上關係就沒好事！

「是這傢伙自己要吃掉我的蛋糕耶！」鬱金用力伸手指向失去意識的翡翠，「我都沒跟他計較，你們還好意思質問我？」

「就是你的蛋糕害的，是你的蛋糕害翠翠！」珊瑚齜著牙，像是要撲上前的野獸。

「怎麼了？在裡面就聽到你們吵吵嚷嚷……」待在藥室的流蘇也被驚動，他來到大廳，看見的就是雙方人馬對峙的光景。

其中最引人注目的是被瑪瑙接住的綠髮青年，後者雙眸緊閉，看上去已陷入昏迷。

「翡翠這是？」流蘇疑惑問道。

「他吃了你幫鬱金做的蛋糕，我是不是要先把他送到房間裡休息？」雪絨舉起自己細瘦的手臂，很樂意上前幫忙，「交給我，我力氣很大的。」

「不行！」三名精靈馬上緊張地阻止。

「雪絨・草妳不准動！」就連鬱金也迫切地大叫一聲，就怕她一走動，引發不可預測的災難。

明明身為妖精族，雪絨卻沒有繼承到妖精該有的敏捷優雅，反倒意外地笨手笨腳，隨便一個舉動就會造成連串意外。

最可怕的是這些意外往往都波及到無辜人士身上，當事人最終都能安然無事。

鬱金可不想要眼下情況變得更糟，誰知道瑪瑙他們會因此做出什麼事。

「原來翡翠吃了那個甜蜜蜜繽紛蛋糕啊。」流蘇恍然大悟，安慰起瑪瑙等人，「那沒什麼大問題，兩個小時後他就會醒了。」

「眞的？翠翠不會有危險？」珊瑚仍緊握法杖，可纏繞其上的烈焰逐漸淡化。

「但雪絨說吃了那個蛋糕，會變成……」珍珠微蹙著眉，模仿對方當時的口音，「○○。○○究竟是什麼？」

「你們自己看不就知道了？」鬱金示意他們盯好翡翠，「喏，開始變了。」

翡翠身周不知何時冒出柔和的白光，光芒轉眼籠罩住他全身，只能看見大致輪廓。

即使翡翠出現異變，瑪瑙還是沒有鬆手。可很快地，他素來漠然的眉眼浮現劇烈波動，他能感受到自己懷抱中的重量迅速變輕。

翡翠發生什麼事了？

瑪瑙心裡湧上不可控的焦慮，但也不敢貿然行動，只能期盼白光盡快褪去，讓他得以知曉翡翠目前狀況。

在眾人屏息以待中，白光消散得一乾二淨，本該在瑪瑙臂彎的青年卻消失不見。

取而代之的是一名約六、七歲的綠髮小男孩。

瑪瑙和珍珠臉上出現短暫空白，他們像是不知該如何反應。

珊瑚的嘴巴張成O字形，手裡法杖也掉落在地。她沒意識到自己雙手空了，眼神發直地看著瑪瑙抱著的那個孩子。

下一剎那，幾乎響徹加雅分部的吶喊迴盪在大廳裡。

「翠翠……變小了!?」

就如流蘇所說，翡翠經過兩個小時才醒了過來。

床上小男孩的眼睫顫動幾下，接著慢慢掀開眼皮，露出一雙黑葡萄般的眼睛。

翡翠一時還有些迷茫，像是不明白自己身處何地，無意識發出了幾聲軟綿綿的音節。

發現翡翠甦醒，待在房間裡的幾人立即圍上前，其中又以三名精靈的速度最快。

「翠翠！」

「翠翠！」

「翠翠你還好嗎？有沒有哪裡不舒服？肚子會不會痛？要不要珊瑚大人替你揍鬱金？」

珊瑚就像是代替兩名話少的同伴，一個人把成串問題全問出來了。

「喂！」無端被點到名的鬱金不高興地沉下臉，「就說跟我沒關係了，你們繁星怎麼那麼煩？要怪就怪翡翠自己貪吃。」

突然冒出的人聲嗡嗡嗡的，讓翡翠反射性想拉起被子蓋住頭，但手剛一動，就驚覺到有哪裡不對勁。

等等，這手的尺寸為什麼看起來非常有問題？

翡翠火燒屁股似地彈坐起身子，將雙手攤展在自己眼前——那白白短短，猶如雪白小香腸的手指正隨著他的意志張握。

「這是……我的手？」翡翠大吃一驚，緊接著察覺到還有更震驚的事等著他，「我的聲音！」

翡翠不敢置信地摸著自己的臉，眼睛瞪得又大又圓，一個匪夷所思的猜想爬上他的心頭。

無論是變得迷你的手，還有軟得奶聲奶氣的聲音，無一不是在說明一件事……

不會吧、不會吧，吃了杯子蛋糕變成◯◯……原來是這麼一回事嗎？

翡翠目瞪口呆地與房裡人們大眼瞪小眼。

加雅分部的人全都在這，就連先前不知跑去哪的斯利斐爾也出現了。

翡翠呑呑口水，再次聽見奶得不行的聲音在房裡浮現，「我該不會……變小了？」

「這裡有鏡子可以看喔！」雪絨興沖沖地捧著鏡子跑過來。

她的步伐不大，也跑得不算快，可就是有辦法無預警一歪，朝著一旁的鬱金直直撞過來。

鬱金像被踩到尾巴的貓驚惶跳起，但仍閃不開腳下一滑、驟然加速的妖精少女。

兩人登時撞成一團，鏡子也從雪絨手中飛出，在空中劃出一道弧線。

斯利斐爾冷靜地伸手從中攔截鏡子，遞到翡翠面前，避免了它摔碎的命運。

藉由光滑清晰的鏡面，翡翠可以看見鏡子裡有一名可愛稚氣的小孩正回望著自己。

那孩子有一雙黑亮大眼，鼻尖挺翹，嘴唇像玫瑰花瓣，一張小臉蛋白裡透紅，臉頰帶著沒有褪去的嬰兒肥，鼓鼓的讓人看了想伸手掐捏一下。

不得不說，就算是從大精靈變成小精靈，精靈王的美貌絲毫沒有減損，依舊耀眼燦爛。

「哇……哇喔！」翡翠盯了一會才又找回自己的聲音，「我也太可愛了吧！如果說滿分是一百分，我這應該也有一千分的程度了！」

「您可以把『應該』兩字拿掉。」一旦涉及翡翠的容貌，斯利斐爾向來不吝惜給予正面的鼓勵。

「翠翠第一可愛，超級超級世界可愛！」珊瑚大力點頭附和，說出了珍珠和瑪瑙的共同心聲。

瑪瑙反應快，翡翠醒過來不久後便拿出映畫石，不停地將床上小男孩的影像儲存下來。

珍珠看見瑪瑙的動作，也拿出另一枚映畫石，加入拍攝的行列。

翡翠朝瑪瑙他們擺出幾個可愛的姿勢，這才轉頭看向揉著腦袋站起的鬱金。他可沒忘記自己會變成這模樣，就是托鬱金杯子蛋糕的福。

「蛋糕究竟是怎麼回事？」翡翠狐疑地審問，「你找流蘇幫你做，所以原本是你自己要吃的嗎？你想變小？」

鬱金白淨的臉迅速漲紅，「干你什麼事！」

「我是受害人，當然關我的事了。」

「你自己亂吃別人東西還好意思？」眼看翡翠故意擺出一副懵懂表情，鬱金頓時明白了，這人就真的是好意思，「反正那是我的私事，跟你無關，我也不會告訴你的。」

「跟我無關，該不會……」翡翠拉長語氣，意味深長地說，「跟卡薩布蘭加有關？」

鬱金本就染上紅暈的臉這下直接漲紅成一顆番茄了。

「他臉好紅喔，會燒起來嗎？」珊瑚瞄向鬱金，嘀嘀咕咕地說，「要不要珊瑚大人替他放把火？」

「那他就真的燒起來了。」珍珠心滿意足地收起映畫石，阻止了珊瑚自認的善心舉止，「別管他。」

「對了，」流蘇像是直到這時才想起自己漏了件小事，「甜蜜蜜繽紛小蛋糕除了讓人變小外，還會有點小小小的影響。但對身體沒有任何危險，這點我可以擔保。」

「等一下，什麼影響？你先前怎麼沒跟我說？」鬱金銳利的眼神猛然射向流蘇，「你不是說那東西吃下去只會讓人變成小孩子？」

「唔，我只是不小心忘了。別擔心，真的不是什麼大問題。」流蘇用拇指和食指捏出一點距離，表示嚴重性一點也不大。

「為什麼要叫甜蜜蜜繽紛小蛋糕？」翡翠在意的是別的問題。他記得那是個擠上白色奶油的杯子蛋糕，外表看來滿樸素的，內在倒是很甜很好吃。

「因為……」流蘇慢條斯理地說，「吃了會讓人的某些地方變得繽紛。」

翡翠寒毛豎起，第一時間跳下床，邁動兩條小短腿直衝廁所，快得連瑪瑙他們都沒來得及攔住。

門一關，翡翠用最快速度掀起衣服、脫下褲子——都很正常，沒有異狀，沒有哪裡變成七彩繽紛。

翡翠鬆了一口氣。

而三分鐘過後，他就體認到自己這口氣還是鬆得太早了。

順便上完廁所的精靈王一臉呆滯，雙眼無神，內心則是風暴席捲，掀起驚滔駭浪。

最後那些奔騰的情緒全部轉化成一聲羞憤欲絕的哀號。

就算翡翠自認自己的心臟再怎麼大顆……

也扛不住在尿尿的時候噴出七色彩虹跟小花瓣啊！

第3章

身爲冒險公會的負責人，流蘇無論面臨何種狀況都能處變不驚，以不變應萬變。就算眼下他正被兩柄羽刀架著脖子也一樣。

流蘇嘴角噙著隨性的笑，一派從容不迫的模樣，甚至還有閒情逸致思考下一次新藥要如何製作。

流蘇被三名精靈包圍審問的同時，審問場所也從公會大廳轉移到備有紅茶點心，還鋪著厚厚絨毛地毯的接待室。

這當然不是要讓對方吃好喝好才來審問。

紅茶和點心都是用來安慰大受打擊的翡翠。

或許是受到孩童身體的影響，翡翠的淚腺變得不受自己控制，他沒有想要哭，可眼淚卻自動溢出。

於是當瑪瑙他們見到小小的翡翠流著眼淚、抽抽噎噎地回到大廳時，只覺天崩地裂，一顆心都被酸水浸泡得發軟。

他們只想圍著翡翠團團轉，任他要星星或月亮都爲他摘下，然後也不能放過造成這一切的始作俑者。

流蘇．裴爾特。

不管怎麼說，要是流蘇沒有做出那些甜蜜蜜繽紛小蛋糕，後面的一切都不會發生。

所以就是流蘇的錯！

瑪瑙、珍珠和珊瑚都堅定這麼認爲，不接受任何反駁。

翡翠要是這時還足夠理智清醒，大概會驚嘆個幾聲。

他家的小精靈這模樣眞像怪獸家長啊！

可惜他依舊沉浸在七色彩虹和花瓣的打擊中，一時半會難以回神，也沒有多餘力氣阻止瑪瑙他們脅迫流蘇。

雪絨看看脖子架著羽刀、前胸後背還被兩支法杖抵住的同事，思索一下，發出眞誠的詢問，「你們需要茶或咖啡嗎？」

「哎呀……」流蘇笑著嘆氣，「他們不需要，我可能需要，不過晚點再喝吧。」

「好喔。」雪絨乖巧地應和，沒有顯露半點爲流蘇擔心的模樣，也可能是類似光景她看習慣了。

落到流蘇手上，被他當作試藥白老鼠的倒楣鬼不少，他們事後都想找流蘇報復，可惜最後都吃足了苦頭，只能灰溜溜地跑走。

「爲什麼沒問我？」鬱金不滿地說，待雪絨轉過頭來，他又皺著眉改變了主意，「算了，不要妳泡，免得紅茶先潑了我一身。我自己來吧，糖放哪，我喝茶都要加糖的。」

雪絨指指旁邊的櫃子，告訴鬱金第三個抽屜裡就擺著糖罐。

鬱金泡了兩杯，一杯是自己的，一杯是給翡翠的。

在他看來，加雅的紅茶一點也不正宗，頂多是茶包泡過熱水就拿起來，要喝自然得喝馥曼式的紅茶。

他們在泡茶時，時間長短和熱水的溫度講究得很，就算稱爲一門藝術都不爲過。

「喝這個，別喝那種茶葉水。」鬱金一把奪走了翡翠的杯子，把猶冒白氣的瓷杯塞到他手中。

翡翠反射性捧著茶杯喝了一口，下一剎那全身一個哆嗦，驚人的甜度讓他被甜到靈魂差點出竅。

淚水倒是因爲這樣而止住了，連帶屬於大人的思維一併回籠。

「好甜甜甜甜……救命，這要殺人了吧……」回過神的翡翠吐著舌頭，慌慌張張地朝著一旁的斯利斐爾求救，「快給我水！」

「眞不懂得欣賞。」鬱金嘖了一聲，若無其事地喝下足足加了十匙糖不止的紅茶。

靠著斯利斐爾遞來的白開水，翡翠總算稍微緩解嘴裡的甜膩。他將那杯說是糖漿都綽綽有餘的紅茶推得遠遠，完全不想再喝一口。

「甜到舌頭要死掉了，太可怕了那紅茶……」翡翠又往嘴裡灌一大口水，順便呼喚自家小精靈，要他們收手，「瑪瑙、珍珠、珊瑚，別圍著流蘇了。」

翡翠也清楚要不是自己一時貪吃，就不會落得現在這個下場。

唉，早知道忍住食欲就好……要是換鬱金吃下肚，一定能看到更精彩的畫面。

「眞高興你們冒險團還有個明事理的人。」流蘇摸摸脖子，皮膚上好似還留著金屬逼人的冷意，「翡翠，如何？喜歡嗎？驚喜嗎？繽紛的效果很不錯吧？」

「不喜歡、不驚喜。」翡翠一想起當時廁所內的場景，臉上浮現痛苦之色，「那種東西你自己吃了就知道有多嚇人。」

「我吃過喔。」流蘇面不改色地說，「再怎麼說我也會試自己的藥。」

「你吃過？那你還不覺得……可怕嗎？」翡翠不可思議地看著流蘇。

「還好囉。」流蘇是眞的不以爲意，「這還不算是什麼大場面。」

翡翠一點也不想知道怎樣才是流蘇口中大場面的標準。

在還沒上廁所之前，翡翠也許會認爲暫時變成小孩也無所謂。

小孩總是容易討人喜歡，想想灰罌粟對於當時還是掌心妖精外表的瑪瑙他們就格外寬容。

翡翠對自己的外貌特別有自信，他變成孩童模樣，絕對能在各大分部無往不利，白吃白喝再也不是夢想！

可加上那個恐怖的附加效果，翡翠說什麼都不想再當小孩了。

他要恢復，要最快速度恢復原狀！

「翠翠到底在廁所裡看到什麼？」珊瑚小小聲地問著珍珠。

「我也不知道呢。」珍珠搖搖頭，即便她再善於觀察，也看不出翡翠這一次想隱瞞的祕密是什麼。

珊瑚轉頭瞅著翡翠，「翠翠、翠翠、翠翠。」

「是祕密。」翡翠死咬著不肯說出來，他可是還要一點面子的。

翡翠越是這個態度，珊瑚的好奇心就越旺盛。她仗著自己如今比翡翠還要大隻，雙臂一伸，就想把人撈到自己懷中。

但這個計畫半路就失敗了。

珊瑚眼才一眨，本來在面前的綠髮小男孩就被瑪瑙抱走。

「翠翠不想說的事，妳爲什麼要逼問？那一定是他很傷心的事，妳這是想讓他更傷心嗎？妳這樣做對得起翠翠嗎？」瑪瑙冷著臉，看珊瑚就像在看十惡不赦的罪人。

珊瑚被說得愧疚不已，腦袋也垂得越來越低，覺得自己眞是一個大壞蛋，怎麼能對翡翠那麼壞？

翡翠在瑪瑙懷抱裡坐得穩穩當當，朝流蘇問出最重要的問題，「我要多久才能變回原來的樣子？」

鬱金也挺直背，身體無意識微微往前傾，想知道流蘇的答案。

雖說不曉得翡翠吃下蛋糕後哪裡變得七彩繽紛，但重點是他的確成功變成小孩子。這表示那個藥是有效的，能達到鬱金的期望。

「三個月。」流蘇沒賣關子。主要是再吊人胃口的話，坐在對面的瑪瑙可能又會迅雷不及掩耳地拔出刀。

「三個月⁉」聽見具體數字的翡翠和鬱金大吃一驚。

「這也太久了吧！」翡翠抽了一口氣，他才不想三個月上廁所都噴出彩虹跟花瓣！

「你不是說藥效只會維持七天，怎麼變成三個月了？」鬱金的眼神如刀子直直地往流蘇臉上戳。

「預期跟實際成果，總是會有些差距的。」流蘇一攤雙手，「我只是還沒來得及跟你說實際上時效拉長了。」

「什麼來不及？你根本是知情不報吧！」鬱金惱怒地說，但見現場有人比他更遭到打擊，心情又恢復不少。

「有解藥嗎？」斯利斐爾像看夠熱鬧，慢條斯理地出聲。

面對自帶神祕威壓的銀髮男人，流蘇笑意微斂，沒有刻意隱瞞，「有，但也要三個月後才能做出來。雪絨，妳幫我去藥室拿個東西，在進門左邊牆上第一排，第七個掛勾上。」

雪絨點點頭，踩著輕快的步伐離開接待室，隨後就聽見走廊傳出乒乒乓乓的聲響。

不用猜都知道是那名妖精少女製造出來的。

雪絨沒一會就返回，懷裡還抱著一束枯黃色的草。

流蘇一手接過枯草，一手流暢地扶住雪絨途中因絆倒而撲來的身子。

「那是什麼？」翡翠疑惑地看著那一束像暴曬太久的乾草，「草？可以……」

「那是枯螢草，您儘管試吃沒關係。」斯利斐爾不用等翡翠說完，就知道他想問什麼。

「不，還是算了。」斯利斐爾過於爽快的回答讓翡翠嗅到不懷好意的意味，這可以吃的草估計難吃到炸裂，「枯螢草又是什麼？」

這次說明的人是流蘇，「它是甜蜜蜜繽紛小蛋糕解藥的主成分，只有分量足夠的枯螢草才能調配出讓你瞬間恢復原樣的解藥。」

「該不會……」翡翠聽出流蘇強調了「分量足夠」這幾個字。

「我手邊只剩這些了，頂多是需要的十分之一吧。」流蘇直言不諱，「新訂的一批得等到三個月後才會送到。你可以耐心等上三個月，或者，自己想辦法採集。」

「去哪採集？不會路程就要花上三個月吧？」翡翠帶著嬰兒肥的臉皺得像包子，這樣他還不如乖乖認命在這裡等時間到，好歹還能蹭吃蹭喝兼蹭住。

「啊，這倒是不用擔心。」流蘇一抬手，雪絨就像知道他要什麼，迅速拿來紙跟筆，只要忽略拿筆過程差點把筆尖戳上鬱金的臉。

流蘇在紙上畫出簡易的加雅地圖，在東邊做上一個記號，「這裡是餘暉森林，大概三到四天的路程。這裡長了不少枯螢草，你們可以到這去收集，不過枯螢草曬乾前和普通雜草沒什麼兩樣。」

翡翠沉默地看著桌上的枯螢草，就算曬乾看起來跟普通雜草也沒太大不同。

「對了，再給你們一個小建議。」流蘇說道：「去找枯螢草時，可以順便把鬱金帶上，他對辨認草藥其實很有一套。」

「什麼？我才不要！干我什麼事？」鬱金想也不想地否決這個主意，「你們自己的事自己解決。」

「但是，我算是幫你擋了無妄之災對吧。」翡翠直勾勾地瞅著鬱金不放，「如果不是我吃掉蛋糕，要七彩繽紛的人就會是你了耶。你看我都這麼拜託你了，難道你捨得讓一個天眞無邪、可愛度有一千分的小孩子失望嗎？」

鬱金很想說他當然捨得，況且明明就是對方自找麻煩，可來到嘴邊的話遲遲沒有往外蹦。

這絕對不是因爲突然心軟，而是他看見瑪瑙毫不遮掩地亮出自己泛著寒光的羽刀。不僅如此，鬱金腳邊還悄無聲息地冒出白光，只一晃眼，就能拼接成一方光牢，將他困在裡頭動彈不得。

雪絨在這時候笑咪咪地開口，「要帶走鬱金很簡單的喔。」

「雪絨．草妳閉嘴！」鬱金心生不祥，馬上厲聲喝止。

可終究阻止不了那宛如小惡魔的甜甜笑聲落下。

「因爲鬱金很弱，武力値很低的，把他打暈帶走就行啦！」

如果知道來加雅會碰上繁星冒險團，鬱金說什麼都會留在馥曼足不出戶的。

然而世上總是難買早知道。

即便再怎麼後悔，既定的事也不會因而改變。

就像鬱金此刻正被人綁架一樣。

被繁星冒險團準備強行綁到餘暉森林。

雙手雙腳被縛，被迫坐在馬車上的金髮少年臭著一張臉，從髮絲到鞋尖都在向外散發著不爽的氛圍。

就像一隻隨時會炸毛、朝人憤怒哈氣的人形大貓一樣。

然而車內沒人理會這隻瀕臨爆發的大貓。

車輪轆轆轆轆地轉動，木板拼組成的車廂有時會隨著顛簸而震晃。

鬱金的怒意正如沸騰滾水不斷冒出泡泡，隨著泡泡啪地破裂，他再也憋不住惱火，怒氣沖沖地開炮。

「你們給我聽著！我是不會輕易屈服的，你們綁得了我的身體，綁不了我的心！」

車內的另外兩人仍然沒有回應。

縮水成迷你尺寸的翡翠是管不了身體，時間一到就忍不住想睡。他閉著眼，趴躺在斯利斐爾的大腿上，肉肉的臉頰被擠壓得變形，卻依舊無損他的可愛程度。

斯利斐爾則是連話都懶得說，直接充當起背景板。要不是還有個翡翠壓在他腿上，他的存在感恐怕都要降成零。

「你們有沒有聽見？區區繩索限制不了我的心！別毫無反應，你們這樣我要怎麼接話啦混蛋！」鬱金拔高聲量，白淨的臉蛋染上氣急敗壞造成的緋紅。

「吼！你很吵耶，紅紅的人！」一顆腦袋猝不及防地從車窗外探進來，珊瑚氣呼呼地瞪著車廂內的鬱金，「你說話那麼大聲，會嚇到翠翠啦！」

鬱金看不出那個睡到嘴巴大開的小男生有哪裡會被他嚇到。

「坐在上面都聽到你一直吵、一直吵。」珊瑚維持著倒掛車廂外的姿勢，指責如子彈不停朝外蹦出，「珍珠也被你吵得不能好好看書。」

「唔，其實沒有呢。」珍珠的嗓音輕飄飄地落下。

「你看，珍珠都說有了。」珊瑚睜眼說瞎話地繼續責備。

鬱金大翻白眼，再次懊悔自己幹嘛跑到加雅，還不如叫流蘇把變小藥寄到馥曼……不行，萬一被卡薩布蘭加攔截就完蛋了。

見鬱金沒有回應，以爲他被自己震懾住，珊瑚得意洋洋地縮回身子，回到車頂上吹風曬太陽，渾然不知她的大嗓門反倒眞的吵醒翡翠了。

翡翠把腦袋從斯利斐爾大腿上挪開，坐直身子，揉揉眼睛，抹去眼角不小心滲溢出來的淚水。

要是斯利斐爾能變回鬆餅原形就好了，躺那個肯定比躺硬邦邦的男人大腿舒適。

翡翠打算下一次要展現小孩子的魅力，用水汪汪的狗狗眼神試看看能不能讓斯利斐爾屈服。

「你們在說什麼？我剛好像聽到珊瑚的聲音？」他打了一個小小的呵欠，「是要吃飯了嗎？我想吃烤羊腿，最好是閃閃發光大金羊的羊腿。」

「沒有要吃飯，也沒人提到羊腿，桑回認識你眞是他三生不幸。」鬱金重重地咂下舌，「還有我被你們綁到這來，也是我三生不幸，還不快點解開我身上的繩子。」

「斯利斐爾，上。」翡翠理所當然地把工作丟給眞神代理人。

「您還是再躺回去作夢比較快。」斯利斐爾冷漠地瞥了翡翠一眼，並沒有因爲對方外貌變小就給予優待。

眼看這一大一小沒有動作的意思，鬱金吹了聲口哨，一隻小巧的褐色鳥兒倏地自外飛進。

一見到那圓滾滾的小鳥，翡翠馬上眼睛一亮，「用烤的還是炸的？」

「都不是，你的腦袋只有吃嗎？」鬱金百般嫌棄地望著翡翠，「這是我的幫手，你要是吃了，深海的血紅詛咒將會纏繞你的脖子，爬進你的胸腔，在你的心臟開出猩紅的花。」

「呃，說點人話？」翡翠虛心求教。

鬱金的回答是不屑地冷哼一聲。他側頭向後一看，褐色小鳥正賣力地替他解開繩索，尖尖的鳥喙就像鋒利的小刀，篤篤幾下，綁住雙手的繩子應聲而斷。

雙手恢復自由，鬱金把腳上的繩子也解開，他朝小鳥揮揮手，後者登時拍拍翅膀，靈活地從馬車內飛走了。

翡翠瞬也不瞬地凝望著鬱金，那雙大大的眼睛裡像蘊含著千言萬語。

「你看什麼？」鬱金被看得毛骨悚然，後頸寒毛本能豎起。

「你下次能叫別的動物來嗎？那種大隻一點、肉多、又很好吃的。」翡翠用雙手捧著臉頰，試圖朝鬱金賣個萌。

「你想都別想。」鬱金沒被翡翠的萌打動，反倒後背竄上一陣惡寒。他攏攏斗篷，與對方拉開了距離。

翡翠摸著自己的臉，滿心疑惑，「斯利斐爾，難道是我現在長得不夠天真可愛無邪嗎？」

「您什麼都可以懷疑，包括您的智障和腦容量，但唯有您的美貌是無庸置疑的。」斯利斐爾以不容置喙的語氣說。

「他這是在誇你嗎？」鬱金忍不住問道。

「這明明叫作人身攻擊。」翡翠重重坐在斯利斐爾的大腿上，想要靠小孩子的體重來報復。

斯利斐爾表情變都沒變，還輕鬆地把他拎起來，放到一邊去。

不知道是不是受到變小的影響，翡翠的性子也多了幾分幼稚和倔強，見自己被人像小雞般放到木板，他迅速跳起，像顆炮彈朝著斯利斐爾又撲過去。

男人的大掌輕而易舉地抵住那顆腦袋，讓翡翠的身子始終無法順利越雷池一步。

「斯利斐爾你這個王八蛋！」

「比不上您的心智退化。」

在鬱金看來，這對主從根本半斤八兩。

他沒興趣捲入這場低智商的紛爭，正想起身看看如今他們到哪了，原本行進中的馬車突然停住。

瑪瑙偏冷的嗓音從外頭響起。

「翠翠，我們到了。」

第4章

繁星冒險團抵達餘暉森林時正值中午，充滿熱度的夏季陽光從藍天直直灑落，讓人只想盡快找個有陰影的地方躲避。

好在這裡隨處可見高聳林木，繁茂樹冠的影子成爲最佳遮蔭。

翡翠準備跳下馬車，車廂外一晃眼出現三道人影。

三名精靈全都伸出了手，想要將翡翠抱下來。

「啊，這……」翡翠撓撓臉頰，很想說自己是六歲不是六個月，跳下去還是能做到的，但又不忍拒絕瑪瑙他們的好意。

偏偏三雙手都迫不及待地往他的方向湊近，就等著他選中某一雙。

翡翠沒辦法將自己分成三等分，他扭過臉，黑眼睛直盯著斯利斐爾，「快，快把我抱起來，這樣瑪瑙、珍珠和珊瑚就不會爲了我大打出手了。」

斯利斐爾如翡翠所願地伸出手，不過不是抱起他，而是拎著他的後領，像提著貨物般將人帶下馬車。

將馬車留在林外，翡翠他們徒步走進餘暉森林之中。

腳下踩的是偏濕潤的黑土，覆蓋在地面的是短而密的草葉，柔韌的草尖不斷摩挲在一行人的腳邊。

清脆的鳥聲伴著蟲鳴不時在林中閃現，吹拂過枝葉的風沒了外頭的熱度，清爽得令人精神一振。

流蘇只說枯螢草生長在餘暉森林，至於是森林的什麼地方，全得靠翡翠等人自己摸索。

翡翠本來打算讓大夥分頭尋找，但又想起這種藥草長得跟普通雜草沒兩樣，必須借助鬱金的判斷才行。

「一切就拜託你了，鬱金。」翡翠踮腳拍拍鬱金的肩膀，「去把枯螢草找出來吧，我們就在這等你了，還可以順便泡個茶喝。」

「找你個大頭鬼，你的臉皮是有多厚？」鬱金簡直要被翡翠的不要臉驚呆了，「需要枯螢草的又不是我。」

「但你未來總會要嘛。」翡翠振振有詞地說，「除非你打算放棄跟流蘇再拿變小藥。或者說，你希望我下次去你們馥曼時，跟卡薩布蘭加聊一聊關於變小的話題？」

「不准跟卡薩布蘭加說！」如果鬱金身後有條尾巴，現在一定豎得又高又直，毛還會炸開一圈，「還有泡茶我來泡，你們泡的通通不叫茶！」

「那還是別泡茶了。」鬱金的氣勢震住翡翠，他下意識舉高雙手做出投降狀，「我們一起行動，一起找枯螢草吧。」

「……算了，你們都先別動。」鬱金扯下一片樹葉，放至嘴邊，吹出一小段高亢的曲調。

嘹亮的聲音順著風傳遞至林中的四面八方，過了一會兒，不遠處的草叢忽地傳出沙沙聲響。

數顆圓圓的腦袋探出，長長耳朵立起，赫然是幾隻灰褐色的野兔。

翡翠腦中本能地浮現三杯野兔、烤兔肉、蔥爆兔腿等連串菜色，可思及先前飛進馬車的那隻鳥，一個猜測躍於心頭，只好勉強按捺住蠢動的食欲。

鬱金彎下身，手摸上其中一隻兔子的頭頂，「好孩子，去幫我找枯螢草。」

野兔如同聽得懂人話，下一秒拔腿各自掠向森林不同方向，一下子消失在眾人視野之中。

「你可以跟兔子說話？」珊瑚驚奇地瞪圓了眼睛。

「公會負責人怎麼可以沒有一點特殊技能，桑回的吐血跟雪絨的笨手笨腳不算。」即便是談論自己的同事，鬱金也不掩毒舌，「你們還真的以為我很弱喔？」

「超弱！」珊瑚大聲地說。

「不怎麼強。」珍珠的說法委婉一點。

瑪瑙沒說話，輕蔑的目光足以說明一切。

鬱金氣得額角青筋都冒出來了，「你們這些遲早要被黑暗拖進深淵的愚蠢羔羊！」

「我們又不是羊，桑回才是羊。你好笨喔，連這都記不住。」珊瑚看向鬱金的目光中有毫不掩飾的同情。

鬱金深吸一大口氣，告訴自己不能生氣，為了這群傢伙氣死自己一點也不划算。

這個自我說服還是有用的，起碼鬱金按下了想揍人的衝動。

「那能不能……」翡翠仍不想死心。

鬱金直接裝沒聽見。

就算自認和翡翠只是普通交情、照理認識不深，但沿路對方展現出來對吃的執著，也足夠讓他印象深刻，他才不想當對方的免費食物收集器。

等待野兔回來需要一段時間，這期間鬱金還真的從斗篷下變出一套泡茶工具，也不知道他是怎麼收藏的。

無視繁星冒險團如臨大敵的眼神，他把隨身攜帶的甜心花糖粉大量加入自己的茶杯裡，再放入茶包，倒入燒開的熱水。

膩得驚人的甜香一時擴散開來，直竄翡翠幾人鼻中。

翡翠火速摀住鼻子，盡力阻擋那股可怕的甜味。

珍珠和瑪瑙還好，神色沒太大變化。

最藏不住情緒的珊瑚就不同了，她捏著鼻子，大動作地往後跳好幾步，「噫！好甜！這味道甜得珊瑚大人的鼻子都要歪掉了，翠翠的鼻子也要歪了！」

「其實還沒歪，但大概快了。」翡翠連嘴巴也摀著，悶悶地說。

「哼，不懂欣賞的笨蛋們。」鬱金俐落地又泡了幾杯茶，「放心，這幾杯沒加甜心花糖粉，我可不想讓你們暴殄天物。還有你們別誤會了，我只是看在卡薩布蘭加還算喜歡你們的份上，才勉爲其難地幫你們的忙，順便請你們喝茶，別以爲我們之間的關係這樣就能拉近。」

有熱茶喝，翡翠等人自是沒有拒絕。

瞄著鬱金面不改色地喝下飄出恐怖甜味的茶水，翡翠打了個哆嗦，連忙收回視線。馥曼人眞的太可怕了，他們血管裡流的是砂糖吧。

當眾人喝完茶，那些野兔也回來了。

兔子圍在鬱金身邊，喉嚨震動，發出奇異的音節，聽在翡翠他們耳中就只是單純的動物叫聲。

可鬱金卻煞有其事地點著頭，還摸了摸野兔們的頭，感謝牠們的情報。

送走那幾隻野兔，鬱金直起身子，表情微沉，「事情麻煩了，枯螢草這幾天都被採收完了。」

「喔，被採收完……什麼？被採收完了!?」翡翠霍然反應過來，不敢置信地抽了一口氣，「一根都不剩了嗎？」

「枯螢草生長在餘暉森林北方，只在固定區域內，它們會散發出動物不喜的氣味，讓森林裡的動物不會吃掉它們。」鬱金緊鎖眉頭，沒預料到事情一開始就如此不順，「如果這裡的草被拔光了，我們這趟就白來了。」

「會把枯螢草都拔走……是藥商嗎？」珍珠推測著。

鬱金搖搖頭，「藥商主要是負責收購，通常他們會找人摘採。」

「翠翠，我們來這的路上有經過一個村子。」一路負責駕車的瑪瑙說道：「說不定那村子的人知道什麼。」

這提議馬上得到翡翠支持。

沒有繼續在餘暉森林裡浪費時間，眾人迅速回到馬車，前往距離森林不遠的村落。

雖然在餘暉森林裡碰了壁，連枯螢草長什麼樣都沒看到，但好在翡翠他們還是有點運氣的。

他們前往先前經過的村落，找了幾名村民詢問枯螢草的事，順利獲得想要的消息。

「枯螢草？啊，就是餘暉森林裡那個很像雜草的藥草吧，我們村裡不少人會去摘枯螢草賣錢。大概是三天還四天前吧，有個男人到村裡說要收購枯螢草，開出比平常高一些的價錢，這幾天大家都跑去那摘草了。」

得知翡翠他們想找枯螢草，卻在餘暉森林遍尋無果後，那名村人露出同情又尷尬的表情。

「抱歉抱歉，都被我們摘光了，因爲那男人開的價格眞的挺好……村裡的人應該沒留多少下來。」

「那個人還在村裡嗎？」翡翠腦子轉得快，立即把主意打到那名男人身上。

村人思索一下，轉頭朝屋內喊一聲，一名婦人很快探出頭，先是看向自己的丈夫，再狐疑地望向翡翠等人。

注意到眾人容貌格外出眾，她眼裡閃過一瞬驚艷，而在瞧見翡翠後，更是雙眼一亮，原本對陌生人流露的冷淡態度消散大半，忍不住對他揚起親切的笑容。

翡翠也甜甜地回予一抹微笑。

「好可愛的孩子，你們是外地來的吧。」婦人和善地開口，「有什麼需要我們幫忙的嗎？」

「他們是想來找枯螢草。」

「枯螢草？啊，但是枯螢草已經被我們村的人……」

「這種事也沒人能預料到嘛。所以我想說要是那個男人還在，他們可以向他問問。就是這幾天到我們村裡收購枯螢草的那個男人，叫什麼來著的……」

「好像是……傑納夫先生？」婦人猶豫地說。

「對對對，我就記得是什麼夫的。」村人恍然大悟地一拍手掌，「那個傑納夫先生還在村裡嗎？還是說昨天就走了？」

「你的耳朵是放到哪裡去了？傑納夫先生明明有說過他會待在村子裡三天，今天剛好是第三天。」婦人白了自己丈夫一眼，面向翡翠幾人時又好聲好氣地說，「傑納夫先生今天就會搭船離開，你們現在趕去碼頭那邊也許還來得及。」

在婦人好心的協助下，翡翠他們順利抵達碼頭。

原來這個村落的另一側緊鄰著廣袤的湖泊，多座淡水湖相連在一起，湖面澄明，倒映周邊山景，有如多面鏡子，又被稱爲連鏡湖。

可惜湖裡魚產不豐，因此村人大多才以採集餘暉森林中的藥草維生。

深怕與那位傑納夫先生錯過，翡翠他們加緊速度，乘著馬車趕至村裡東側的碼頭。

當他們到達碼頭時，正好看見幾人搬運一筐筐的植物，將它們送至停在碼頭旁的船隻。

可以乘坐數人的小船以繩索繫在碼頭上的圓形繫船柱上。

碧綠草葉成堆塞疊在筐裡，乍看下像不起眼的野草。

「是枯螢草！」鬱金眼尖地認出，「那些全都是枯螢草！」

翡翠鬆了一口氣，這表示他們順利趕上，還有機會向那位傑納夫先生購買枯螢草。

待馬車停下，車廂內的幾人跳下，珊瑚也靈敏地從車頂上翻身而下。

「翠翠。」瑪瑙眼明手快，趁兩名同伴還沒反應過來，一把抱起剛下車的翡翠。

「啊，瑪瑙作弊！犯規！」珊瑚急得跳腳，想過來跟瑪瑙搶人，「說好都要猜拳的，沒猜拳怎麼可以偷偷出手？」

珍珠遺憾地輕吐出一口氣，沒有要和瑪瑙再爭的意思。他們三人中就屬他的速度最快、身手最好，想搶也不可能搶得贏。

果然，珊瑚圍著瑪瑙團團轉，就是沒辦法從他手中再搶過翡翠。

被當成寶物你爭我奪的翡翠忙不迭舉起手，「別、別晃了，再晃要暈了！」

「翠翠都說要暈了，妳還不讓開？別害他不舒服。」瑪瑙的目光像盛著霜雪。

「嗚啊，翠翠對不起……」珊瑚反射性道歉，末了又困惑地撓著臉頰，「等等，是珊瑚大人的錯嗎？」

鬱金沒興趣理會瑪瑙他們的爭奪，也無法理解那個小屁孩有什麼好搶。

他瞥了擺明袖手旁觀，甚至連提醒都沒有的斯利斐爾一眼，胸口不禁湧上鬱悶。

這群傢伙怎麼搞的，是忘記要趕緊弄到枯螢草了嗎？

喊，搞得自己反而像是最在意翡翠一樣。

鬱金內心嘀咕歸嘀咕，責任感仍驅使他大步向前，走上木板鋪就的簡陋碼頭。

除了幫忙搬運藥草的幾個青壯漢，還有一名站在旁邊，像是負責監工的男人。

那人一頭灰髮、體型削瘦，年紀約莫三十上下，自有一股沉穩氣質，明眼看與村人大不相同。

「你好，打擾了。」鬱金揭下斗篷兜帽，向對方打聽消息，「你知道傑納夫先生在哪嗎？」

「我就是傑納夫。」灰髮男人面露疑惑，打量起忽然找自己問話的金髮少年。

少年眉眼精緻，有股與生俱來的貴氣，一頭金髮比今日陽光還要燦爛，碧綠的眼瞳宛如精雕細琢的寶石，一看就不是村子裡的人。

傑納夫百思不解，不明白像是有錢少爺的少年為什麼指名要找自己？

不待傑納夫詢問對方來意，另一道柔和女聲無預警從旁介入。

「不好意思，請問這些枯螢草能賣給我們一點嗎？」

傑納夫訝異地循聲轉頭，乍見到說話的白髮少女及她身後的同伴，他不由自主地愣怔半晌。

原因無他，實在是少女與她的同伴們在日光下宛如是天生的發光體。瑰麗的容貌瞬間攫住他人心神，教人驚歎他們定是備受眞神的偏愛，才會擁有如此出眾的姿容。

「傑納夫先生？」珍珠又柔柔地問了一次，唇畔噙著嫻靜笑意。

「啊、啊！」傑納夫總算回過神，像是掩飾尷尬般咳了一聲，眼神不敢停留在珍珠臉上太久，「抱歉，妳剛說……」

「我們聽村人說你這裡有枯螢草，因此才冒昧前來。請問能賣一些枯螢草給我們嗎？」珍珠耐心地重複說明。

「我們要的量不多，大約二十株就夠了。」鬱金提出一個大概的分量。

傑納夫這才意會到鬱金和珍珠他們是一夥的，他扭頭望向船上的一筐筐藥草，對比之下，二十株頂多算是九牛一毛。

要是換作其他時候，傑納夫很樂意做個順水人情，幫助這一票看起來不是普通人的旅行者。

但眼下面對他們的要求，傑納夫面露難色，搖頭婉拒了，「這些枯螢草並不是我的，是我主人交代我買回去的。如果你們想要，必須徵求我主人的同意，因此我無法答應你們。」

「只要你主人答應就可以了嗎？他在哪裡？很遠嗎？很近嗎？可以馬上看到嗎？你可以帶我們去找他嗎？」珊瑚靈光一閃，迫不及待地追問著。

「這、這……」傑納夫被連珠炮的問題問得有些懵，一會兒後才拼組出完整的句子，「我的主人平時喜靜，也不太喜歡跟陌生人打交道，恐怕是……」

見傑納夫明顯有推拒之意，翡翠扯扯瑪瑙的袖角，要他抱自己上前，準備利用自己現在的天然優勢——可愛，來讓對方鬆口。

「叔叔，拜託，我們眞的很需要枯螢草。」翡翠故意把嗓音放得更軟，頭仰高，確保這個角度可以讓人更清楚看見他又大又圓的眼睛。

見到這麼一個粉雕玉琢的小男孩出聲祈求，傑納夫忍不住心軟幾分，但嘴上仍沒有鬆口。

「倘若你們需要枯螢草，除了餘暉森林外，我記得在吉安吉尼附近，有個叫黃昏密林的地方也有生長，也許你們可以到那邊找找看。」

翡翠還是第一次聽見黃昏密林這個地方，「斯利斐爾，那是哪裡？」

「您拿出地圖找就會知道了。」斯利斐爾沒有免費提供答案的意思。

「吉安吉尼……」鬱金在腦中地圖搜尋出正確位置，立刻估算往返時間，「那少說也要一個月以上的路程。」

「一個月？不行，那太久了！」翡翠驚恐地猛搖著頭，說什麼都不願意再忍受一個月的彩虹跟花瓣。

他只想要好好地、正常地上廁所！

「叔叔，好心的叔叔，拜託你了，請讓我們跟你的主人見面吧！」翡翠雙手交握，擺出最惹人憐愛的表情，雙眼覆上一層迷濛水霧。

任誰看了都會覺得狠下心腸拒絕要求，簡直就是犯下十惡不赦的大罪。

傑納夫出現明顯動搖，可身爲管家的職業操守讓他仍死命抓住了理智線。

「真的很抱歉，我不能擅自代替主人……」他艱困地擠出聲音，臉也匆匆別過，就怕再多看那名可愛得不行的小男孩幾眼會改變主意。

最後是鬱金打破這片僵持。

「既然你主人不跟陌生人打交道，那麼只要不是來歷不明的陌生人就可以了吧。」

傑納夫不是很明白鬱金的話是什麼意思。

金髮少年也沒多解釋，只掏出了一枚金屬卡片。

傑納夫接過一看，神情登時一變，態度更變得恭謹許多。

卡片上有多排文字，可其中一行最爲醒目，那同時說明了金髮少年的身分。

冒險公會馥曼分部負責人・鬱金。

第5章

連鏡湖湖如其名，宛若多面澄淨的巨大鏡子接連一起。平靜湖面清晰倒映著天空及周邊山影，時有漣漪晃動，讓湖水上的蔚藍和蒼碧多了粼粼波光。

連鏡湖面積遼闊，湖上座落多座小島，大多是無人荒島，但也有少數存有人煙。傑納夫的主人就居住在其中一座小島上。

根據傑納夫所說，他的主人西蒙先生不喜與外界打交道，除非必要，大部分時間都待在島上，過著幾乎與世隔絕的生活。

那是屬於西蒙的私人島嶼，不對外開放，因此島上就只有他們一戶人家。

佔地不小的大宅裡只有四個人——西蒙、身爲管家的傑納夫，以及男僕羅伯特和女僕多莉亞。

由於人手不多，他們三人時常得身兼多職。

例如傑納夫除了是管家，還肩負修繕跟採買的工作。

所以這次到村裡收購枯螢草，傑納夫也得自己充當船夫，可以說是一個人當好幾個人來使用了。

不過要是真的碰上必須多人才有辦法完成的工作，例如大宅的清整或修建，就會到村子招募人手，讓他們乘船到島上幫忙。

這次回程船上多了繁星冒險團一行人，雖然船隻的負重增加，但對傑納夫而言也多了划船的人手。有了瑪瑙和鬱金協助，他頓時輕鬆許多。

他一邊划動船槳，一邊與船上的翡翠等人大略介紹島上狀況。

西蒙有些孤癖，習慣獨處，可以很久足不出戶，上次出門都是半個月前的事了。他不愛有人打擾，也不喜歡身邊圍繞太多人，這也是島上只有他和三名僕從的原因。

但他對待下人一向大方，也不制定嚴苛規矩，只要完成自身職責就可以，因此大宅裡的工作氣氛相當輕鬆。

男僕羅伯特是個寡言的年輕人，總是認真又沉默地做著自己的事，容易讓人忽略他的存在。

女僕多莉亞則是個愛笑的女孩，活潑大方，還相當能自得其樂。就算是枯燥的工作，也有辦法讓它充滿樂趣。

他們居住的小島本來沒有名字，是西蒙搬至島上，才將島命名為「迷霧島」。主要在於這座島一旦氣候不佳，島上和四周就會生起重重霧氣。

迷霧島起霧就像牛奶打翻在半空中，奶白的霧氣令人伸手不見五指，不僅阻礙了能見度，也使得對外的交通一併中斷。

畢竟在大霧瀰漫之際搭船，無疑是拿自身的安全開玩笑。

而除了他們居住的莊園，迷霧島其他地方都保持著原始狀態，叢林密布，還有猛獸棲息。如果不小心誤入，很可能就會迷失在深處找不到出路。

為了安全起見，傑納夫幾人向來只待在莊園裡，或是在周邊區域活動。

陸續經過兩座小島後，傑納夫終於抬起手遙指前方，「那邊那個，就是我們住的迷霧島。」

聽見即將抵達目的地，翡翠等人精神一振，珊瑚更是亮了雙眼。她坐船坐膩了，巴不得這艘小船能長出翅膀，咻地一下就飛到前端的小島上。

迷霧島是座蔥郁小島，綠意覆蓋大半面積，遠看就像座落於湖面上的綠寶石。

來。

隨著船隻停下，珊瑚一馬當先地跳上岸，雙腳剛站穩便迫不及待地轉身想拉翡翠上來。

然而綠髮小男孩已被瑪瑙單手抱起，他長腿一邁，逕自越過等在一邊的珊瑚。

珊瑚氣得牙癢癢，要不是翡翠還在瑪瑙臂彎裡，早就撲過去與對方扭打成一團。

見小船停靠，珍珠收起看了一路的書，用指尖梳理一下被風吹亂的髮絲，也跟著施施然地下了船。

她來到瑪瑙面前，對著他揚起恬雅又不容反駁的笑臉，「翠翠交給我和珊瑚吧，你要幫傑納夫先生搬枯螢草。」

「其實我也可以幫忙……」翡翠自認那一筐筐藥草還難不倒他目前的體型，但自告奮勇的話才說一半，就被精靈們直接打斷。

「翠翠不可以！」

不論是瑪瑙、珍珠、珊瑚，都不願讓翡翠多費力氣。

「喔……」難得見到自家小精靈對自己展現強硬態度，翡翠摸摸鼻子，但身子還是一扭，從瑪瑙的懷抱中滑下。

珊瑚立即一個箭步靠過去，搶先握住了翡翠的左手，右手則留給珍珠。

難得被女孩們牽著手，翡翠也感到有幾分新奇。

鬱金早就先動手揹起一筐枯螢草，另一筐還抱在身前。

傑納夫也拿了三筐，剩下的兩筐便交由瑪瑙。

至於斯利斐爾，莫名地沒人敢叫他動手，就好像光是冒出這個念頭就是一種極無禮的行為。

假如翡翠知曉傑納夫他們的想法，就會感慨一句：這就是眞神代理人的威力啊。

碼頭不遠處有一條上坡路，莊園就位在坡道盡頭，那裡被西蒙命名為石牆莊。

「我們現在在迷霧島的東灣，另一側全是叢林，太過深入可能會有危險。」傑納夫領著眾人走向坡道。

才走上坡道不久，明亮的天空忽地變暗一層，像是頭頂攤開一大片陰影。

翡翠等人下意識抬頭，這才發現雲層已在不知不覺中快速堆積，厚厚的灰雲以驚人速度吞噬藍天，潑墨般的色彩轉眼往四面八方擴散。

在翡翠幾人仰頭望天之際，金燦的陽光被盡數遮擋了。

傑納夫一發現天氣變化，連忙回頭往連鏡湖方向一看。平滑如鏡的湖面開始升湧起淡淡白霧。

猛一乍看，就像湖泊下方有無形之火在爲它加熱，蒸騰出一股股煙氣。

傑納夫在島上生活多年，對於天氣的各種變化雖不到瞭若指掌，但也能判斷個七、八分。

這一看，就知道是要起大霧了。

果然就如他所預料，不多久，那些堆疊起來的氤氳霧氣便朝四周擴散。

隨著瀰漫範圍越漸擴大，本來輕薄的霧氣也逐漸凝實，從虛白變得奶白，像半空飄開濃稠的奶油濃湯。

不過幾個眨眼，奶白色的濃霧就把連鏡湖遮掩大半，連碼頭也只剩淺淡輪廓，小船更是淹沒在霧氣裡，難以再尋。

「起霧了！」珊瑚吃驚地嚷，「都看不到下面了！」

「等等霧就會往島上飄過來。」傑納夫說道：「我們還是加快腳步，大霧一起，起碼要兩到三天才會完全散去。」

「怪不得你們主人會把這裡取作迷霧島。」翡翠也沒想到濃霧說生便生，隨即他又意會到另一件事，「這樣的話，如果要離開……」

「船還出得去嗎？」鬱金的眉頭像要打結，「該不會我們得待在這等到霧散才走得了？」

傑納夫面露歉意，「這種天氣船是出不去的，太危險了。看樣子得麻煩各位在島上多待幾天，西蒙先生雖說不愛與他人打交道，但也是寬厚的性子，一定會留你們下來。莊園裡也有足夠的客房，你們可以不用擔心。」

話說到這個份上，翡翠他們知道今天是不可能離開迷霧島的。多出來的這幾天，就當作是在島上渡假了。

石牆莊建立在坡道頂端，繞過幾個彎後，翡翠一行人終於見到傑納夫口中的莊園。將近一人高的深灰石牆圍砌在外圈，像是成排衛兵保護著位於中央的大宅。同色系的石頭由大到小地往上堆疊，還可以看到石縫裡竄冒出野草或小花，爲穩重的色調增添一絲活潑的色彩。

傑納夫有些自豪地向翡翠他們介紹，「這是西蒙先生自己親手砌的石牆，沒有使用任何黏著劑，單純倚靠不同大小石頭平衡堆疊。最重要的是這些石牆底下還埋著西蒙先生設立的防護陣，如果沒有我們幾人帶領，外人想進入莊園就會引動警報。」

「唔，那推了就會倒嗎？」珊瑚好奇的是另一個問題，「可以推看看嗎？」

不待傑納夫對珊瑚投予驚恐的視線，珍珠淡淡地出聲，「珊瑚。」

「珊瑚大人只是問問而已嘛……」珊瑚縮著肩，躍躍欲試想伸出的手也飛快收回。

傑納夫鬆了一口氣，他還真擔心那名蝴蝶結少女會付諸行動。

「我們快到屋子裡吧，晚點說不定還會飄起細雨。」傑納夫加快步伐，一行人進入了石牆後的偌大庭院。

也許是因為石牆莊缺乏人手，庭院花叢沒有受到太精細的照料，只有基本修剪，避免它們過於雜亂。

穿過花草生長得恣意蓬勃的庭院，翡翠他們在傑納夫的帶領下來到莊園的主建築物大門前。

這是一幢兩層樓高的屋子，呈ㄇ字形，玄關大門的門廊設立在中間，左右兩側立著花架，嬌艷的赤色花朵攀繞其上。

大宅屋頂鋪著魚鱗花樣的祖母綠平板瓦，一樓採凸窗設計，二樓則整齊地裝設格子窗。

外牆使用的深灰石材和莊園外的那圈石牆顯然相同材料，呈現一致性，散發出厚重樸實的氛圍。

只不過在如今變得灰暗的天空下，反倒多了一絲揮不去的陰森感。

想到如今他們被困於孤島，又來到一座莊園，翡翠的腦子不受控制地浮現推理小說向來愛用的「××莊殺人事件」標題。

他趕忙把這不祥的念頭甩開，就怕再多想下去，真的會發生什麼不妙的事。

傑納夫正要打開大門，墨綠色的六格鑲板門先一步被人從內開啓。

「傑納夫先生？」開門的是一名體型中等、臉孔圓潤的年輕人，他明顯沒想到門外有其他人，曬成偏深膚色的臉流露詫異。

等他注意到管家身後還有好幾個陌生人，他的眼睛睜得更大，臉上躍出一抹慌亂，反射性就想轉向牆壁，害怕與翡翠幾人對上視線。

「羅伯特，這幾位是來拜訪西蒙先生的客人。」深知羅伯特內向怕生的性格，傑納夫連忙拉住人，否則讓對方表現出一副閃躲的模樣，對翡翠他們未免太過失禮，「枯螢草我也帶回來了，你先把它們拿去放好。」

「啊，好、好的。」羅伯特垂著眼，抱過一筐枯螢草便匆匆跑開。

「謝謝你們的幫忙，將東西放這就好，等等羅伯特會把它們拿去放。」傑納夫側過身體，讓瑪瑙和鬱金將枯螢草擺至玄關處，再領著他們所有人走進大廳。

與大宅樸拙的外觀同樣，內部以沉穩色調裝潢爲主。魚骨形地板上鋪著灰綠色的地毯，牆上掛著裝飾用的劍刃和盾牌，無形中給人一股壓迫感。

「還請你們在這裡稍候一下，我去稟報西蒙先生。」傑納夫將翡翠他們先安置在大廳，又走到牆邊拉呼叫鈴，「等等多莉亞會過來，若你們有什麼需要，可以告訴她。」

傑納夫一離開，珊瑚頓時像椅子上有刺地跳起。她張望四周，炯炯有神的大眼睛盯住牆上的裝飾劍，「珊瑚大人可以拿那個嗎？」

「不行，不可以。」珍珠從包包裡掏出看到一半的書，視線沒轉向珊瑚，卻有效制止了對方的動作。

本來要一個箭步上前的珊瑚硬生生收住腳步，鼓著臉頰，鬱悶地抱胸坐回椅子。

翡翠站在凸窗前，觀察起外頭的天氣狀況。

瑪瑙就像擔心他站著都可能會出意外，有若一抹影子緊跟其後。

他們進屋不久後，白霧也擴散到這裡，只是不像連鏡湖上的霧氣那麼濃，仍能看清庭院裡的花花草草。

「斯利斐爾，這霧明天會散嗎？」翡翠問道。

「在下無法確切地回答您。」斯利斐爾平淡地說。

「你可是斯利斐爾耶。」翡翠扭過頭，眼裡寫著譴責，就像在說眞神代理人怎麼可以不能掌控氣候。

「比不上您，您還會製造彩虹。」斯利斐爾彎彎嘴角，只是那罕見的笑容裡是滿滿的嘲諷。

翡翠的包子臉刹那間漲紅，他在雙方才能聽見的腦內頻道裡不敢置信地大叫，「你你你，你爲什麼會知道！」

他明明瞞得很好，就連在野外上廁所也都避開其他人。照理說除了製藥的流蘇，不該有第三人知道變小藥劑帶來的副作用是什麼。

「您當時在加雅分部的情緒太吵了。」看在翡翠是自己主人的份上，斯利斐爾替他保留了一些面子，依舊用意識與他說話，「吵到連在下都聽見。但在下確實是沒想到，您還有……」

「不准說，再說我就咬你！」翡翠惡狠狠地威脅。

斯利斐爾有恃無恐，「您敢咬在下的話，在下就讓瑪瑙他們知道。」

「啊啊啊！可惡，不咬總行了吧！你也不准外洩！」有把柄被人拿捏的感覺真的太討厭了，翡翠只好退了超大的一步，「一個月都不會咬你的。」

獲得保證的斯利斐爾見好就收，以免真的激怒這位精靈王，讓他破罐子破摔，到時恐怕就會是兩敗俱傷的局面。

再怎麼說斯利斐爾都不希望自己原形時被吃，連人形時也難逃被吃的命運。

翡翠決定要半小時都不理這個討人嫌的真神代理人了。

半晌後，眾人聽見凌亂的腳步聲往此處接近，聽起來是有人正往大廳跑來。

他們不約而同地朝同一方向看去，下一剎那，一道黑白色的人影急急忙忙地撞入他們的視野內。

那是一名頭戴白色女僕帽，身穿黑色連身長裙，腰間繫著白色圍裙的女孩。她的臉頰和鼻尖有著明顯的雀斑，紅髮紮綁成兩束長辮，正隨著她小跑步的動作在肩前左右擺晃。

顯然她就是石牆莊唯一一位女僕，多莉亞。

發現有多道目光落在自己身上，多莉亞趕緊扶正歪掉的帽子，雙頰因爲急促的奔跑染上紅暈。她微喘著氣，眼睛亮晶晶地瞅著大廳內的翡翠等人。

尤其是珍珠，她更是多看了好幾眼才強迫自己別緊盯著人不放。

多莉亞腦子動得快，見大宅裡突然多了一票從未見過的陌生人，迅速推測出一個可能的答案。

「午安、午安，請問你們是傑納夫先生帶回來的客人嗎？」

見翡翠幾人點點頭，多莉亞眼睛更亮了。

「請問你們要喝茶還是咖啡？」語氣裡甚至有顯而易見的雀躍。

多莉亞好久沒在大宅裡看到這麼多人了，雖說已經習慣這邊的安靜，但她一個年輕女孩更喜歡見到這裡熱熱鬧鬧的。

「我剛烤了蘋果派，非常美味喔，連西蒙先生都讚不絕口。你們喜歡淋上楓糖醬，還是蜂蜜或肉桂糖漿呢？」

「都來！」翡翠二話不說地高舉起手，即使他現在是小孩外表，但內在可還是成熟的大人。

身爲成熟的大人，怎麼可以厚此薄彼，一定是全都要臨幸一輪才可以。

但凡有一點遲疑，都是對美食的不尊重！

在多莉亞嘰嘰喳喳問話的時候，羅伯特從另一頭走進大廳，立即引起她的注意。

「羅伯特，你要來一份蘋果派嗎？」她笑容滿面地問道。

羅伯特垂著眼，搖搖頭，腳步如飛地穿越大廳至玄關，把剩下的枯螢草都搬走。

那火燒屁股般的速度，就好像多沐浴在他人視線中一秒都是一種折磨。

多莉亞明白羅伯特只是不擅與陌生人相處，視線對上都會讓他坐立不安。

她和羅伯特是差不多時期來這工作的，羅伯特一開始簡直避她如蛇蠍，害得她傷心不已，眞以爲自己有多麼討人厭，後來才知道他就是內向怕生。

「多莉亞，妳的蘋果派晚點再送上來，先跟羅伯特一起整理枯螢草，西蒙先生要你們把草全鋪展開來。」

傑納夫從樓梯走下，無視多莉亞不開心地噘起嘴，恭敬地邀請翡翠幾人上樓，「還請各位跟我上樓一趟，西蒙先生想要見你們。」

翡翠有些遺憾不能馬上享用蘋果派，但轉念一想，適當的等待有時會讓食物變得更美味。

想到這裡，他失望的心情登時好轉了，讓瑪瑙牽著手，與眾人一同跟著傑納夫走上二樓。

二樓的布置和一樓大同小異，全是沉暗色調。地板上鋪著暗綠色的絨毯，牆上貼著典雅的碎花壁紙，只不過底色偏暗，反倒讓花紋顯得死氣沉沉。

其中一側壁面有對外窗，從二樓望出去能將連鏡湖的美景收納眼中。只可惜現下白霧繚繞，無論是湖光或山色都被遮掩在後，只能瞧見一片白茫。

牆上掛著幾幅筆觸凌亂的圖畫，從輪廓大約能辨認出來是兔子。還有幾盞白晝未點亮的嵌燈，燈罩上有可愛的兔子圖紋，與這座陰鬱沉悶的大宅有些格格不入。

「那幾幅畫是西蒙先生近期的作品。」注意到翡翠多看了圖畫幾眼，傑納夫說道。

「他喜歡兔子嗎？」連燈罩都有兔子花紋，翡翠不免這麼猜測。

「是的，西蒙先生最近相當喜歡兔子。」

「可是這兔子畫得好醜。」珊瑚想要戳戳畫上的奇妙兔子。

「待會見到西蒙先生時，我們有什麼要留意的地方嗎？」珍珠拉住珊瑚的手，帶開了話題，不讓她繼續糾結在兔子上。

「你們不用太拘束，西蒙先生是很好的人。」傑納夫也樂得不再談論兔子，從善如流地說起主人的事，「我有先和他提到你們想要購買枯螢草的事，他很樂意分出一些，但還是想親自見見你們，和你們說點話。他不常跟人聊天，因此在交流上可能會……花一點時間。」

在傑納夫的帶領下，一行人走過長長的走廊，經過多個門扇緊閉的房間，最終來到一扇褐綠色門板前。

「西蒙先生就在裡面。」傑納夫抬手敲門，片刻後房裡傳來一聲低低的「進來」。

隔著門板，聽得不是很真切，只聽得出是一道男聲。

傑納夫轉動門把，將門往內推開。門縫拉大後，立刻有一大波暗紫煙霧爭先恐後地朝外湧冒，宛如一條條扭曲的紫色長蛇。

傑納夫閃躲不及，迎面被撲了一臉，他摀著鼻子，發出一陣猛烈嗆咳。

翡翠幾人反應快，瞧見事態有異急忙往旁退一大步。

瑪瑙更是飛速地摀住翡翠的口鼻，深怕他會吸進什麼有害氣體。

「不、不好意思……請稍等我一下！」傑納夫忙不迭先把走廊上的窗戶打開，再一個箭步衝進房內，「西蒙先生，窗戶！提醒多少次了，你要打開窗戶！」

沒聽見那位西蒙先生的回應，只聽到傑納夫倉促的開窗聲。

兩處窗戶都被打開，那些紫煙頓時往外散去。走廊上的煙一會兒便消散大半，空氣裡還留下一些辛辣的氣味。

傑納夫大步走出，眼眶因方才的咳嗽變得通紅，「真不好意思，西蒙先生一忙就會忘記開窗……但這些煙對人體不會造成危害，還請各位放心，西蒙先生就在裡面等著你們。」

「那些煙是怎麼回事？」翡翠納悶地問。

「就是……普通無毒也無害的煙，還請各位不要在意。」傑納夫含糊不清地回答，有說和沒說差不多，「請各位進去吧。」

傑納夫都再三保證了，翡翠他們也只能走進房間。

房裡紫煙仍未完全散去，氣味也比走廊上還濃，簡直像有誰磨碎辣椒往空氣裡撒。

「好嗆啊……」珊瑚小小聲地抱怨。

「好想拿串烤肉配著這味道啊。」翡翠舔舔嘴唇，「肯定很刺激食欲。」

「這時你還能想到吃的？」鬱金沒好氣地睨了翡翠一眼，「你腦子到底在想什麼？」

「當然是好吃的、好喝的，不然還要想啥？」翡翠格外理直氣壯，「當然也會想一下斯利斐爾。」

「在下不須要您想。」斯利斐爾用最冷酷的聲音切出距離，被翡翠想不是什麼好事。

「好吃好喝跟斯利斐爾有什麼關係？難道他也能吃嗎？」鬱金渾然不知自己真相了。

從牆邊林立的幾個書櫃來看，這個房間似乎是充當書房使用，但深處又垂掛著一面黑色布簾，擋住了後方景象。

簾後傳出陣陣古怪的斷斷低語，彷彿有蛇在吐著蛇信，偶爾還是會有暗紫煙氣從布簾底下的縫隙飄出。

既然書房內沒看到人，那麼這幢大宅的主人就一定是在黑簾之後了。

「西蒙先生，馥曼分部負責人和他的同伴進來了！」留在門口的傑納夫高聲提醒。

詭異的斷語驟然停止，下一秒布簾被從後拉開，露出隱藏的景象。

一名白髮男人就坐在桃花心木的寬大書桌後，桌上擺著一個黑色鐵鍋，盛載在鍋內的是濃得接近黑色的紫黑液體，還有一些不明物體載浮載沉。液體表面正咕嚕咕嚕地冒著泡，同時那也是紫色煙氣的源頭。

男人的長髮彷彿多日忘了打理，末端凌亂鬈翹，髮絲也不像翡翠幾人一樣充滿光澤。硬要說，更像是一大把白色乾草。

他的膚色像許久沒曬到太陽，透出不健康的蒼白；眉眼盤踞著一股陰鬱，即便外貌英俊，也容易被他散發出的怪異氣質壓蓋過去。

西蒙身後的窗戶是敞開的，可玻璃卻整個塗黑，不難想像若是關上，這個房間馬上就會變得昏暗且陰森。

翡翠幾人目光不由自主地被桌上的漆黑鍋子吸引，看著那冒泡的詭異液體，他們忍不住轉頭看向鬱金。

「幹嘛看我？」鬱金冷著一張臉，不悅地說。

翡翠說出了大家的心聲，「該怎麼說……就是有某種程度的熟悉感。」

「熟悉？哪裡熟悉了？我怎麼完全看不出來？」鬱金撇撇嘴，認爲翡翠就是在胡扯。沒多理會對方，他上前一步，正要主動介紹自己這方，西蒙忽地開口。

「幽暗的蟲鳴在低語，掙開束縛和鎖鍊，朝著微光之路前行。」他彷彿許久沒和人說話，嗓音暗啞低沉。

「什麼？」翡翠不解地望向其他人。

瑪瑙和珍珠搖搖頭，珊瑚臉上的困惑像是要滿溢出來。

斯利斐爾一副冷淡的姿態，估計連西蒙的話都沒仔細聽。

就在繁星冒險團一頭霧水的當下，一道聲音打破書房內的靜默。

鬱金神情嚴肅，「微光將燃燒成火炬，展開一條光明之路。」

「戰馬的咆哮響徹天際，卑微的螻蟻匍匐不起。」西蒙雙眼亮起，眉間陰鬱也一掃而空，整個人頓時來了精神，「天穹之下，暗影搖曳。」

「黑影顫慄，無以名狀的恐怖在驅使汝等。」鬱金毫不遲疑地接了下一句。

「那個啊……」翡翠再也忍不住地打斷，「能說點讓人聽得懂的人話嗎？」

「連這都聽不懂，蠢、沒慧根。」鬱金嗤笑一聲，看翡翠幾人就像在看好幾塊不開竅的朽木，「我們在彼此問好，簡單來說就是互道午安。」

那直接說午安不更簡單？翡翠張張嘴，最末還是將滿肚子的吐槽嚥回去。

「我還是第一次看到西蒙先生這麼開心。」仍待在門口的傑納夫感動地拿出手帕，擦擦泛紅的眼角，「眞不愧是馥曼的負責人，果然名不虛傳。」

「歡迎你們來到石牆莊。」好在西蒙不是全程都用那種意義不明的句子和人交流，他從桌後站起，大步來到鬱金面前，蒼白的臉露出笑意，「我是西蒙，我已經聽傑納夫說明你們的來意了。」

鬱金主動朝西蒙伸出手，「我是馥曼的鬱金，和我一同前來的是繁星冒險團。最小的這個是翡翠，再來分別是瑪瑙、珍珠、珊瑚和斯利斐爾。」

「西蒙先生，請問你剛剛是在……」翡翠瞄瞄桌上的漆黑鍋子，心裡有了猜想。

「我是在進行占卜。」西蒙果然說出翡翠預期中的答案，「我看到這場大霧會持續整整三天，不過你們毋須擔心，安心待在石牆莊吧。等霧散了，我再派傑納夫送你們離開。」

翡翠明白了，怪不得鬱金和西蒙能順利溝通，他們兩個根本就是同一類人嘛。

「你們想要二十株枯螢草也沒問題，不過枯螢草須要陰乾三天才能保留藥性。」西蒙說道：「等你們要離開時再一併拿給你們，錢就不用給了。我很久沒碰到這麼合得來的人，就當作是我送的禮物吧。石牆莊的任何地方都能參觀，唯有地下室還麻煩不要靠近，不管發生什麼事，都不能到……」

西蒙忽地感到喉頭一陣癢意，胸腔更是發悶。他別過臉低咳起來，知道是那個毛病又發作了。

「西蒙先生，你還好嗎？」傑納夫連忙入內，關切地詢問，「須不須要我去把那東西……」

「先不用。」西蒙又咳了幾聲，總算緩過來，他啞聲向傑納夫交代，「你帶他們去安頓一下吧，記得好好招待，千萬不要有不周到的地方。我待會會去畫室，晚餐前都不要來打擾我。」

傑納夫客氣地向翡翠他們說道：「麻煩請各位跟我來。」

西蒙關上窗戶，讓書房變得幽暗。他回到書桌後坐下，撫著發疼的胸口，瞄了一眼氣泡幾乎弭平、只剩幾絲紫煙緩緩升起的鍋子。

這一眼，讓他神色頓變。

「等等！」西蒙喊住準備離開的翡翠幾人，「我剛又占卜到一些東西。」

翡翠他們回過頭，看見陰影籠罩在白髮男人臉上，讓他的神情變得晦暗不明。

他們聽見那道嘶啞的聲音說。

「繁星啊，要留意白色。」

第6章

石牆莊空房相當多，傑納夫安排了四個房間讓翡翠一行人使用。

鬱金自然選擇單獨一間，至於翡翠他們誰要跟誰睡，不在他在意的範圍。

把人扔在走廊上，鬱金自己先進房。

瑪瑙、珍珠和珊瑚都想跟翡翠一起，但翡翠認為都有足夠房間了，自然不用大家擠同一間。

最後翡翠拍板決定，他跟斯利斐爾，其餘由他們自己決定。

珊瑚二話不說，挽住珍珠的手臂搶了翡翠隔壁那一間，讓瑪瑙只能選她們隔壁。

「讓瑪瑙離翠翠最遠。」珊瑚得意洋洋地向珍珠炫耀起她的小聰明。

瑪瑙看上去毫不在乎，乾脆俐落地走進房裡，然後又走出來，直接拐進翡翠臥室。

「他為什麼可以進去？」珊瑚瞪圓了眼。

「他當然可以進去。」珍珠好笑地說，「我們也可以，分好房間不代表我們就不能去翠翠那。」

「那晚上睡覺的時候……」珊瑚心中浮現希望。

「那可不行，翠翠會希望我們睡在自己的房間。」珍珠無情地撲熄那一簇希望的火苗。

「喔……啊，不對不對，要趕緊去找翠翠，不能讓瑪瑙獨佔。」珊瑚迅速回過神，又風風火火地拉著珍珠一塊過去。

客房的布置也充滿著一致性，橄欖綠的壁紙及灰綠地毯雖然讓室內顯得沉悶，但採光良好又能眺望山景的大窗戶多少彌補這個缺點。

個子矮小的翡翠坐在床沿，雙腳有一下沒一下地踢晃，看到珊瑚和珍珠也進來了，頓時揚起笑意。

三名精靈習慣性地圍在宛如發光體的小男孩身邊，話題很快轉至西蒙的占卜。

「要留意白色……白色指的是東西還是人呢？」翡翠摸著下巴，擺出沉思的表情，但只是使得那張肉肉的包子臉更可愛。

瑪瑙又拿出映畫石存了幾張圖像，才心滿意足地收起。

「可是要怎麼注意白色？像我們都白白的啊。」珊瑚摸著自己的白頭髮，納悶萬分地看著珍珠和瑪瑙，「啊，只有翠翠是綠綠的。」

「斯利斐爾，你怎麼看？」翡翠把問題拋給作壁上觀的眞神代理人。

「在下認爲，只要您腦袋不要只裝吃的，那麼就能避免很多不該發生的事。」斯利斐爾的意思很明確。

——貪吃誤事。

翡翠果斷地無視這個提議，腦袋就是要拿來裝吃的，不然呢？

討論了半天，繁星冒險團也沒得出一個結論。

就在此時，門外傳來敲門聲，多莉亞活潑的聲音緊接著在門外響起。

「打擾了，熱騰騰的蘋果派可以吃了喔！請幾位客人下來一同享用吧！」

美食當前，翡翠馬上把西蒙神祕的占卜拋到腦後，跳下床，邁著小短腿往門邊跑。

門剛打開，就見到鬱金也從房間走出。

多莉亞還待在走廊上，見到大夥都對蘋果派滿懷熱情，她眉開眼笑，開心地與他們一塊下了二樓。

在樓梯間就能聞到淡淡的食物香，到了一樓，甘美酸甜的蘋果香氣更是挑逗嗅覺。

翡翠忍不住摀著肚子，感覺嘴巴裡口水不停分泌。

多莉亞本想請他們先轉至餐廳享用，但翡翠等人都認爲不用那麼麻煩，直接一起到廚房品嚐就好了。

廚房在大宅最左側底端，空間寬敞、設備齊全，光是烤箱就分好幾個不同尺寸。

傑納夫和羅伯特也在裡面。

突然見到那麼多人出現，羅伯特險些從椅子彈跳起來。他趕忙垂下眼，避免和人目光接觸。

多莉亞打開大烤箱，戴上厚厚的布手套，拿出一個分量驚人的大蘋果派，霸道濃厚的香氣瞬間直撲眾人鼻間。

有蘋果的酸甜、肉桂的馥郁、黑糖的甜蜜，還有一絲醉人的酒香。

浸過蜂蜜的蘋果切片被烤成美麗剔透的焦糖色，從中間如花瓣綻放地擺放成一圈圓形，蜜汁從內部滲透出來，在邊緣凝成點點晶瑩。

派皮金黃酥脆，還在上面塑形成大小不一的玫瑰花，圍著盛綻的蘋果切片，更顯得花團錦簇。

即使尚未吃下肚，看見如此美麗的蘋果派，翡翠也能斷言這絕對好吃到不行。

就如翡翠所想，蘋果派相當美味，酸酸甜甜的好滋味在舌頭上舞動著，烤過的蘋果多汁且保留些許脆度，咬下去蘋果香和酒香一起爆發，層次分明的派皮香酥可口。

好吃得讓翡翠整張臉都洋溢著幸福，一雙眼睛更是瞇成彎月狀。

他低著頭，像隻貪吃的小倉鼠忙碌地吃著蘋果派。

吃到一半，忽地感覺到有人直盯著自己。他抬起頭，只看到瑪瑙他們的視線不時投來，跟他方才感受到的又不太一樣。

不是瑪瑙他們，那會是誰？

翡翠沒想太多，低頭繼續吃，可那股視線感又來了。

雖然不是太過強烈，應該說還滿隱密的，可翡翠敏銳的五感並沒有因爲變成小孩而降低。相反地，好像變得更敏感纖細了。

這也可能是變成小孩後帶來的影響。

「斯利斐爾，除了瑪瑙他們之外，剛還有誰一直盯著我嗎？」翡翠在腦內頻道戳著斯利斐爾。

「您的美貌本就值得別人欣賞，沒人看反倒是他們眼睛瞎了。」斯利斐爾斬釘截鐵地說。

「哇，我是很愛你在這方面的大力支持，不過說眞的，幫我注意一下。」翡翠知道自己可愛，但如果對方不是光明正大欣賞，就會讓人懷疑是不是別有心思。

翡翠不著痕跡地打量或坐或站在他對面的三個人。

傑納夫和多莉亞在聊天，多莉亞不時會瞥來視線，但做得毫不掩飾，而且她看的方向……

翡翠眼珠轉動，判斷出多莉亞看的是珍珠和珊瑚，其中又在珍珠身上停留較久。

自家小精靈美麗可愛大方，多莉亞一看再看也很正常。

羅伯特偶爾會搭一、兩句話，但眼睛總是習慣性地看著桌面或是地板。

似乎每個人都沒嫌疑，又好似每個人都有。

翡翠繼續低下頭吃著他面積逐漸縮小的蘋果派，然後猝不及防地猛然抬起頭。

這一次，他與羅伯特來不及收回的目光撞個正著。

羅伯特沒想到會被抓包，木訥的臉龐閃過緊張，雙眼馬上躲閃地往旁看去。

翡翠倒是意外偷看自己的人是羅伯特，但轉念再想，對方是個內向的人，用偷偷摸摸的方式看自己似乎也能理解。

至於偷看的原因？

套句斯利斐爾說的，他那麼可愛，不想看的人才叫奇怪！

解決了心中疑問，翡翠便把這事拋到腦後，全心投入蘋果派無遠弗屆的魅力中。

鬱金吃完自己那份蘋果派，擦擦嘴，內心給了一個甜度不夠的評論，就和多莉亞跟傑納夫攀談起來。

「西蒙先生時常占卜嗎？」他也在意西蒙先前給出的警訊。

既然他與繁星冒險團同行，就有必要留意他們的安危，這可是公會負責人該有的責任感。

「很常。」傑納夫點點頭，「迷霧島常起霧，所以西蒙先生都會占卜天氣變化，讓我總是能避開大霧到村裡採買補貨。」

鬱金沉吟一聲，言下之意就是西蒙的占卜還算準確。

「我也好想請西蒙先生幫我占卜一下，屋子裡是不是有『那個』存在。」多莉亞哀聲嘆氣。

「那個是哪個？」珊瑚好奇地發問。

「就是那個啊……」多莉亞壓低音量，像是說著悄悄話地與珊瑚分享，「幽靈。」

「多莉亞。」傑納夫警告地看了多莉亞一眼，「別對客人胡說八道，這裡才不可能有幽靈。」

「怎麼沒有？明明就有！」多莉亞振振有詞地反駁，「我就碰到了，還碰到兩次！」

不待傑納夫阻止，她迫不及待地和翡翠幾人分享起自己的撞鬼經驗。

那是發生在昨天和前天的事。

完成所有工作後，大宅主要的燈都熄了，多莉亞回到自己房裡準備休息。

他們三名僕從的房間都在一樓右側。

多莉亞換好睡衣，關了寢室的燈，躺上床鋪，一整天堆積下來的疲累感讓她很快陷入昏昏欲睡。

她的眼皮不住往下掉，意識也漸漸變得朦朧。

就在將睡欲睡的那一刻，細微聲響倏然進入她的耳中。

咚咚咚！

聽起來像有誰在敲門。

多莉亞太累了，沒把那聲響當一回事，她翻個身、拉高棉被，只想趕緊進入夢鄉。

然而聲音又來了。

咚咚咚！

而且這次離得特別近，就在……就在多莉亞房外！

當多莉亞意識到這個事實，盤踞在她腦中的睡意一下全被吹得七零八落。

她一個激靈，猛然張開眼，手指不自覺緊揪住被角。

多莉亞屏住呼吸，豎耳聆聽房內動靜。

房裡安安靜靜，她只聽到自己變得急促的呼吸聲，還有胸口變得猛烈的心跳聲。

先前的敲門聲似乎不過是一場錯覺。

等了一會都沒發現異狀，多莉亞緊繃的心弦放鬆了，她重新閉上眼，想要回到睡眠的懷抱。

可就像與她作對，咚咚咚的敲門聲再度響起。

多莉亞的一顆心都要躍到嗓子眼，就連心跳也好像停了一、兩拍。

這一次她聽得很清楚，眞的有人在外面敲她的房門。

她吞吞口水，想揚聲問門外是不是傑納夫或羅伯特，但聲音卻哽在喉頭處，彷彿被無形之物生生堵住，讓她怎樣都發不了聲。

更可能是她心裡明白，傑納夫或羅伯特都不可能在這種時候敲她房門。

既然不會是他們倆，那麼難道是西蒙先生嗎？

這念頭剛冒出就被多莉亞否決。主人平時喜歡關在自己房裡，與他們的接觸盡量減到最低，哪可能挑三更半夜時到一樓敲僕人的房門。

如果都不是，究竟會是……誰？

多莉亞心裡不禁浮上害怕，石牆莊總共就他們四人，這裡還是一座孤島，不太可能有外人趁夜入侵。

既然不可能是其他人，那那那……

寒意從腳底板一路竄上多莉亞腦門，在她快把自己嚇得眼淚流出來之際，更恐怖的事情發生了。

「在嗎？在嗎？」

門板外竟響起了尖尖細細的問話。

多莉亞的心臟這一瞬幾乎要炸裂，恐懼席捲她全身，讓她的大腦徹底空白。

說到激動處，多莉亞忍不住站起來比手畫腳，像是想藉由表演讓其他人身臨其境。

為了讓人知道她當時有多驚恐，她誇張地揮動手臂，手指眼看就要揮到珍珠。

珊瑚快若雷電地伸手，一把攫住多莉亞的手腕，桃紅眼眸寫滿不悅。

「喂喂，妳小心點，不然珊瑚大人對妳不客氣喔。」

在她的認知中，珍珠就跟翡翠一樣脆弱，須要額外保護，隨便一個輕輕碰觸都可能打傷對方。

「不……不好意思！」多莉亞似乎這時才反應過來自己的魯莽，慌張地把手往背後一縮，「我一時沒注意到，真的非常抱歉！」

「後來呢？」珍珠安撫地拍拍珊瑚的手，又向多莉亞問起後續發展。

「後來……」多莉亞像是怕自己一個不留神又動作太大，趕緊坐回位子，規規矩矩地把雙手放上膝蓋，「後來我還是鼓起勇氣去開門了，可是門外……什麼都沒有。」

「照妳這麼說，羅伯特和傑納夫的房間就在妳旁邊……」鬱金看向另外兩人，「你們都沒聽到敲門聲和說話聲嗎？」

傑納夫和羅伯特不約而同地搖搖頭。

「石牆莊是老房子，隨著溫度變化，屋內有時出現一些聲音也很正常。」傑納夫有理有據地說，「多莉亞很可能是聽錯了，心理作用下誤以爲是有人敲門和說話。」

「可是我前天也聽見了，眞的有人在敲門，還問在嗎在嗎。」多莉亞心急地爲自己辯解，「你們都不相信我，羅伯特常常比我晚睡，你一定也聽到了吧。」

「我沒有。」發現自己受到注視，羅伯特流露一絲手足無措，講話也變得結結巴巴，「我、我平時是比較晚睡沒錯，但眞的沒聽到什麼敲門聲……」

「不可能，眞的有。」多莉亞急得臉都漲紅了，「我聽得很清楚，有人敲門，不僅敲我的門，還有敲別房間的門。然後還有人在我房間外問話，那聲音很奇怪，分不出是男是女……」

「好了，多莉亞，別再說了。」傑納夫可不希望客人被嚇到，以爲石牆莊眞的有什麼嚇人的東西，「那只是妳的錯覺。昨天跟前天都下大雨，風聲也大，所以才會讓妳誤以爲自己聽到怪異的聲音。」

「可是、可是……」多莉亞想堅持絕不是自己聽錯，但傑納夫用眼神表明這個話題到此爲止。

再怎麼說，身爲管家的傑納夫還是有幾分威嚴。

多莉亞只好把剩下的話吞回肚內，像是要緩解鬱悶，她忽地起身，走向另一個小烤箱。

那裡有她昨天做好、先前放回去烤箱加熱的可麗露。

她打開烤箱，然後傻在原地。

烤箱裡赫然是空的，她精心製作的六個可麗露全都不翼而飛。

多莉亞抽了一口氣，她的抽氣聲登即引來其他人的關切。

「多莉亞？」羅伯特下意識半直起身，「發生什麼事了嗎？」

「我放在烤箱裡的可麗露不見了！」多莉亞轉過身，首先鎖定傑納夫和羅伯特，

「你們是不是趁我不在的時候偷吃？」

羅伯特大力否認，「我不知道，我根本不知道妳有烤可麗露。」

「我們都沒靠近過烤箱。」傑納夫眉頭微鎖，「妳確定是放在那裡嗎？」

「我沒有把它們拿出來……」多莉亞焦慮地回頭再次檢查烤箱四周，試圖找出任何蛛絲馬跡。

還眞的被她找到。

好幾根潔白毛髮就掉落在烤箱旁。

由於流理台是灰白色石材所製，若不細看很容易忽略那幾根淡色毛髮。

「果然有人接近過這裡。」多莉亞捏起其中一根白髮，「你們看，我在這發現了白色的頭髮，吃掉可麗露的人一定是……」

多莉亞的話突然消失在嘴邊，慢一拍地意識到廚房裡有三位客人就是白頭髮。

「不是、不是！」她慌慌張張地先自己否決了瑪瑙他們是犯人的可能性，「我不是指客人們，我知道絕對不會是你們，我是說其他……」

這幢大宅唯一擁有白髮的就只有石牆莊的主人，爲免多莉亞越說越離譜，傑納夫強行接話，「也可能是有動物闖進屋子裡來了。廚房窗戶沒關，牠們要進來輕而易舉。只是東西被小動物偷吃了，以後多注意一點就行。」

多莉亞也察覺到自己再說下去，就會變成在敗壞主人的名聲。就算心裡覺得這不像動物的毛髮，更像是人類的髮絲，嘴上也同意傑納夫的說法。

深怕翡翠他們多想，傑納夫趕緊轉移可麗露失蹤的話題，改提起其他事，「晚餐時間是六點，幾位客人可以隨意參觀石牆莊，只有地下室請不要靠近。」

「為什麼地下室不能靠近？那裡面藏有什麼？」珊瑚一向不會把疑惑憋在心裡，「有寶藏嗎？有很大很凶的魔物嗎？」

「那裡最近是用來放西蒙先生的收藏品。」傑納夫解釋，「很重要，所以全都鎖在裡頭。」

「所以是什麼？」珊瑚追問。

她的疑問並沒有得到答案。

傑納夫無法回答，多莉亞和羅伯特則是不知該如何回答。

那是石牆莊主人的祕密。

晚餐由多莉亞準備，下午的蘋果派已展露出她的好廚藝，晚上更是大顯身手，餐桌上是一盤又一盤豐盛的料理。

一直待在二樓的西蒙也準時露面。他打理過儀容，一頭亂糟糟的白髮用藏青色髮帶綁成一束，還換上一身正式衣物，看上去充滿莊園主人的風範。

西蒙不是多話的人，就算和翡翠他們一塊用餐，也仍保持沉默。安靜的氛圍影響到其他人，餐廳裡一時只聽見刀叉相碰的聲響。

珊瑚很快就坐不住，想要打破這份靜默。她覺得大家坐在一起卻不說話有夠奇怪的，但鬱金比她更早開口。

「西蒙先生，我想問個問題，你用來占卜的黑釜是哪個牌子的？」

馥曼分部有個不懂何為安靜、無時無刻都用嘮叨彰顯自己存在感的卡薩布蘭加，鬱金也習慣身邊總是吵吵嚷嚷的，過於寂靜反倒讓他不自在。

「我是用黑氣球它們家的。」涉及擅長的領域，西蒙被勾起說話興致，「不過它不太好清洗，凹槽處容易卡進碎屑，我有在考慮是不是該換一個。」

「如果是這樣，我個人推薦毒紫荊出品的黑釜，用普通清潔劑就可以清洗乾淨，也不容易卡油垢或碎屑。它在加雅有設立專賣店，那邊的型號是最齊全的。」

「眞的嗎？那眞是太好了！」

聽見鬱金的建議，西蒙眼睛一亮。

接下來就像打開了話匣子，兩人開始滔滔不絕地聊起占卜上的話題。

中間不時夾雜著翡翠他們完全無法理解的神祕用語。

就像下午他們在書房聽見的那場對話一樣，每個字拆開他們都聽得懂，可組合在一起只令他們滿頭問號。

例如爬滿血絲的巨大瞳孔、無所不在的幽暗觸手，或是被荊棘纏繞的心臟。

翡翠眞的無法理解這些東西跟占卜到底有何關聯。

變小之後，翡翠的情緒便容易外顯。

見他臉上彷彿滿溢而出的困惑，鬱金抽空爲他大略講解他們的聊天內容。

「西蒙先生現在是在說他的心上人是一個絕世美少女，他最近受單相思之苦，煩惱著該如何向對方展開追求。」

翡翠必須說，這個答案是他無論如何都沒想到的。

不管是眼球、觸手或心臟，誰會知道他們是在談論愛情的話題啊！

說到興頭上，西蒙還吩咐傑納夫開了一瓶紅酒，邀請眾人一塊享用。

翡翠熱衷美食，但美酒不在他喜好範圍內，更何況他如今是小孩身體，完全不適合沾酒。

而在他看來，瑪瑙、珍珠和珊瑚也都還是孩子，酒這種東西能不碰就不碰。

眼看吃飽喝足了，繁星冒險團便乾脆離開餐廳，留鬱金和西蒙繼續暢談。

第7章

被預言要三天才會消散的霧氣仍徘徊在石牆莊外，白濛的薄霧不至於太過影響能見度，但霧氣裡還混著細如髮絲的綿綿小雨。

翡翠沒有在雨中漫步的閒情逸致，小孩子身體也很容易感冒，他只能遺憾地打消到外走走的念頭，改在屋裡走動消化。

晚餐他不小心吃得太飽，讓肚子變得圓滾滾，一來是多莉亞手藝太好，二來是他錯估了自己的食量。

他忘記自己變小了，胃也跟著變小，能吃下肚的分量當然一併縮水。

「好撐啊……」翡翠摸著微凸的肚子，感覺像抱了一顆小玉西瓜。

好在石牆莊室內範圍也不小，來回走個幾圈多少能消化胃裡的食物。

斯利斐爾對陪走沒興趣，獨自化成光球，轉眼不知道飛到哪去。

瑪瑙、珍珠和珊瑚緊跟在翡翠身後，深怕他在室內也可能走丟。

翡翠不覺得瑪瑙他們擔心太多，換位思考一下，當初他們還是巴掌大的迷你精靈時，他也好怕會不小心弄丟他們。

從大宅左走到右，再從右折返的半路上，翡翠他們看到羅伯特搬了個矮梯，在擦拭牆邊的畫像。

中等身材的年輕人擦得認眞，可翡翠幾人一經過，對方視線便追了上來。

精靈們何其敏銳，當下就察覺到那股注視感。

不過誰也沒多想，他們早就習慣受人注目。

然而當他們即將走出羅伯特的視線外，那名年輕人竟搬著矮梯追了過去。

他不擦畫，改擦起窗戶。

待翡翠他們走往另一邊，他又搬起梯子往那跟去，換擦起……總之他覺得可以擦的東西。

那張膚色偏深的臉孔一副專注的表情，彷彿他眞的只是在認眞工作，絕不是爲了多看翡翠幾眼。

包括翡翠在內，精靈們都察覺到羅伯特的目光是追逐著翡翠/自己。

可只要他們一轉向羅伯特，對方就會飛也似地面向牆壁，彷彿偷看的人不是他。

這種欲蓋彌彰的動作一多，直接挑起了瑪瑙的不悅。

他知道翡翠可愛，但一直偷看就是別有企圖，圖謀不軌！

比起動口，瑪瑙向來更寧願動手。他毫不囉嗦，當羅伯特眼神再次追著翡翠飄來，立時俐落地亮出羽刀。

比刀鋒還冷冽的是那雙金黃眼瞳。

瑪瑙冰冷一睨，散發出的氣勢當場嚇得羅伯特一個哆嗦，險些從矮梯上跌落。

那股寒意深入羅伯特的骨子裡，他再也不敢藉著工作名義偷看翡翠，倉皇地扛起梯子就跑。

「他爲什麼要一直偷看翠翠？」珊瑚收回來不及派上用場的雙生杖，「他是不是要做壞事？」

「嗯，也許就是因爲我長得太可愛了……」翡翠邊說邊打了一個呵欠，摀著嘴的手還沒放下，第二個呵欠先冒出。

自從翡翠變小，私下研究過不少育兒知識的瑪瑙一看就知道，翡翠這是時間到，想睡覺了。

「翠翠，我們回樓上吧。」瑪瑙彎身一把抱起翡翠，捨不得他累了還得自己走路。

翡翠也意識到睡意正猛烈襲來，沒有堅持要自己走，他垂著腦袋，上下眼皮開始打架。

瑪瑙才抱著人走回大廳，翡翠已充分詮釋什麼叫前一秒還活力充沛，下一秒無預警閉眼。

見翡翠睡著了，習慣大聲嚷嚷的珊瑚趕忙摀著嘴，就怕自己無意間吵醒對方。

珍珠望了一眼餐廳方向，餐桌前已不見鬱金和西蒙的身影，桌上則是被收得乾乾淨淨，桌面亮得彷彿能反光。

珍珠正要收回目光，碰巧和走出來的多莉亞對上眼。

多莉亞登即小跑步過來，還沒張口就被珊瑚噓了一聲。

珊瑚豎著食指，用眼神強烈示意多莉亞不能大聲說話。

多莉亞也看到瑪瑙抱著的小男孩睡著了，她點點頭，用氣聲說，「幾位要回房休息了嗎？我送你們上去吧。」

「爲什麼？」珊瑚一開口，就意識到自己音量不小心太大，慌忙地再摀著嘴，拚命眨著眼睛向珍珠討救兵。

珍珠素來很了解怎麼輕柔地說話，也同樣深諳珊瑚的內心活動。

她明白珊瑚想問的是爲什麼要送？他們自己就能走上去了。這也是她的疑惑，多莉亞的這個舉動怎麼看都毫無必要。

「不用了，我們自己上去就可以。」珍珠笑笑地拒絕。

多莉亞馬上換了說法，「我正好要上樓檢查二樓窗戶有沒有關好，就一起吧。」

珍珠可以看出多莉亞笑容裡藏著一絲緊張，對方的眼睫短短一瞬快速眨動好幾下。

但是……爲什麼要緊張？這和執意要與他們一同上樓有什麼關係嗎？

珍珠目前無法做出進一步推論，也不可能阻止多莉亞上樓。這裡再怎麼說都是多莉亞的工作場所，而他們不過是叨擾幾天的客人。

她決定靜觀其變，看對方究竟想要做什麼。

瑪瑙抱著翡翠走在最前面，再來是珊瑚，珍珠總是習慣殿後。

多莉亞就跟在珍珠身後，腳步放得極輕，像是怕過大的聲音會吵到那名陷入夢鄉的小男孩。

然而在無人看到的角度，她冷不防朝珍珠的後背探出手——

就在她以為自己能達成目的的剎那間，前方人影驟然停步，往後側過臉。

「對了，妳知道鬱金在哪嗎？」

多莉亞及時收回手，若無其事地垂在腰側，可心臟在怦怦跳，竄上的緊張讓她一時舌頭發僵，拼不出完整的話。

珍珠似乎誤認她沒聽清楚，又再次問了一遍。

「鬱金先生……」多莉亞總算尋回自己的發聲能力，只是尾音有點抖，她暗中祈求面前的少女別發現這個小異樣，「被主人邀請到他的房間暢談了，還請傑納夫再送一瓶酒過去。」

「原來是這樣，謝謝妳的告知。」珍珠淺淺一笑，神色恬靜。

多莉亞卻有種自己像是被看穿的感覺，她連忙在心底否認，她做得很隱密。而且即使真的被察覺剛剛的小動作，面前少女也不可能知道她想做什麼。

令多莉亞慶幸的是，珍珠很快就轉回頭，提步踏上階梯。她鬆了一口氣，繃緊的肩膀放鬆下來，暫時不敢再有其他想法。

一跟著踏上二樓，多莉亞立刻把先前找的理由變成事實，匆匆跑去檢查窗戶，深怕再多和珍珠說上一句話，自己深藏的小祕密會被看透。

從樓梯到二樓之間發生的小插曲，翡翠一概不知。

縮水成小孩的身體讓他很難控制睡眠時間，幾乎睡意一來，他就像被斷電一樣，直接跌入夢境的懷抱，睡得不醒人事。

當翡翠再有意識時，他聽見了聲音。

被寂靜籠罩、針落可聞的深夜裡，那細微的聲響有如被放大數倍，清晰地進入翡翠耳中。

咚咚咚！

有人在房外敲著門。

隨著這個事實進入腦海，翡翠瞬間睜眼坐起。

寢室裡還保留著一盞銀白色的小燈沒有關，讓翡翠意識到自己身處何處的同時，也看清以不同姿勢躺臥在他左邊、右邊、腳邊的三名精靈。

縱使床不小，但一口氣塞了四個人，其中三人還是大人，對這張床來說還是有些太爲難了。

翡翠看看左邊的瑪瑙、右邊的珍珠，跟他腳邊的珊瑚，一時不知自己該去理會外頭的敲門聲，還是先把這三人通通趕下床。

好端端的有床不睡，跑來這邊跟他玩擠擠樂是比較快樂嗎？

如果瑪瑙他們能聽見翡翠的心聲，一定毫不猶豫地大聲說是。

雖然聽不見翡翠的內心，但瑪瑙他們都聽見了門外的敲門聲。翡翠一有動作，他們也紛紛睜開眼，只是還不想太快從這張床鋪離開。

要是離開了，萬一翡翠不讓他們再躺回來怎麼辦？

翡翠目光再一轉，在房間的一個小角落——檯燈燈罩下面，找到了變成光球模樣的斯利斐爾。

翡翠剛不小心把那團光當成亮著的燈泡。

原來房裡根本沒留燈，留的是斯利斐爾自帶的光芒。

翡翠伸長手臂，還沒等他碰觸到檯燈，瑪瑙已快他一步把他想做的事完成。

暖黃色燈光亮起，讓窩在燈罩下的斯利斐爾轉移陣地，順便回復人形。

「外面是誰在敲門？」翡翠第一個想到的是多莉亞今天下午說的撞鬼經驗，「該不會等等就會有人問在嗎在嗎在嗎？」

話聲剛落，門外真的響起了尖尖細細的問話聲。

「在嗎？在嗎？」

分不出是男是女的嗓音，宛如碎石落水成漣漪，在暗夜裡激起了幾分毛骨悚然。

翡翠自認不太怕鬼，更早之前都還有個亡靈與他簽訂契約了，但這不代表他願意大半夜碰上靈異事件。

「要不要珊瑚大人去看看？」珊瑚學著翡翠壓低音量。

翡翠思索一下，拒絕了這個提議，「還是算了，我們繼續睡吧。」

沒錯，誰說鬼上門——假如那個真的是鬼——就一定要去打交道？

不知道晚上擾人清夢都該下地獄的嗎？

而且既然會敲門，還會問在嗎在嗎，就表示那個鬼沒辦法貿然闖進。

很好，就這麼辦吧！

得出結論的翡翠神清氣爽，感覺自己隨時可以再來一場好覺。

三名精靈都聽翡翠的，他們不怕鬼，對鬼也不感興趣。見翡翠重新躺下，他們心裡竊喜，甚至有絲感激門外那個不明存在。

幸虧有它，翠翠都忘記要把他們趕回去了。

翡翠躺好後才想起瑪瑙他們還跟自己擠一張床，但外面有東西，也不好在這時候叫他們各自回房。

「斯利斐爾，斯利斐爾。」翡翠朝銀髮男人揮一下手，「你去看外面有沒有……嗯，鬼。」

不管是瑪瑙、珍珠或珊瑚，都朝斯利斐爾射出飽含期盼的目光，冀望他能帶回一個好消息，告訴他們……

外面就是有鬼。

斯利斐爾可以無視翡翠的要求，但瑪瑙他們的期待他幾乎從來不會打碎。

從異世界返回法法依特大陸後，他的能力比起先前提升許多，褐色手掌貼上門板，隨後便給出答案。

「門外沒有任何生命或魔法的波動。」

所以眞的有鬼？不不不，也可能對方已經不在外面了。翡翠沒有糾結太久，就把這個疑惑拋之腦後。

與其思考那個鬼到底想幹嘛，不如想明天早餐、午餐、晚餐跟下午茶吃什麼。任何東西都比不上食物的重要。

而多莉亞的好手藝更讓明天充滿希望。

翡翠心滿意足地再次閉上眼睛，左側的瑪瑙則是撐起半個身子，伸手關掉檯燈。

在翡翠腦子不受控地從全羊大餐想到了海鮮大餐之際，一道驚心動魄的尖厲叫喊撕裂了今晚的寂靜。

「呀啊啊啊啊啊啊——」

高亢驚懼的叫喊響徹石牆莊二樓整條走廊。

充滿穿透力的尖叫驚動了客房內的房客。

翡翠腦海裡海鮮饗宴的幻想即刻破碎，他反射性地彈起身子，身邊的瑪瑙也第一時間打開燈。

燈光下，翡翠稚嫩的臉蛋滿是驚愕，「剛剛那是……有人慘叫嗎？」

「是女生的聲音。」珊瑚握住仍是小木杖模樣的武器，飛也似地跳下床，穿上鞋子，「珊瑚大人這就去看。」

尾音還在空中打著旋，珊瑚已一馬當先地打開房門跑出去，也將走廊上的光景看得一清二楚。

「翠翠，會做好吃蘋果派的紅頭髮跌倒了！」珊瑚迅速回報。

蘋果派、紅頭髮……多莉亞！

翡翠匆忙與瑪瑙他們一起跑出房外，果然瞧見穿著睡衣、戴著睡帽的多莉亞跌坐在走廊上。

散著一頭紅髮的少女面向房門半敞的房間，房內燈光往外流洩，照亮了她惶恐驚悸的眼神。

她的面孔這一刻被蒼白籠罩，就好像是目睹到了駭人至極的景象。

翡翠幾人快步上前，但翡翠還沒看清門後有什麼，雙眼先被一隻大掌覆住。

「翠翠不要看，不適合小孩子看。」瑪瑙的聲音落下。

翡翠哭笑不得地把那隻手使勁扳下，「我不是眞的小孩，有什麼是我不能……」

沒說完的句子停在了翡翠舌尖，他瞠大眼，不禁倒吸一口冷氣。

確實是兒童不宜的畫面。

同時也是令人難以置信的畫面。

見所有人都僵站在房門前，一時沒有動作，珊瑚忍不住把變大的法杖往前一戳，半敞的門板頓時向後退去，露出房內更多景象。

一名白髮男人趴躺在灰綠地毯上，臉孔被散亂髮絲遮住，但光那頭白色長髮便足以說明對方的身分。

石牆莊的主人，西蒙。

西蒙倒臥在地，全然沒了動靜，即使是多莉亞的慘叫也沒驚動他。

也可能是……他再也沒辦法動了。

西蒙的臉邊有一大灘未乾的鮮血，猩紅色的液體染覆在地毯上，看上去怵目驚心；

手邊掉落著一個酒杯，裡頭只餘些許酒液，杯口旁的地毯也染上一小塊潮濕，顯然杯裡的酒都餵到這裡了。

「西、西蒙先生……」多莉亞雙腿發軟，遲遲撐不起自己的身體，「西蒙先生！」

珍珠快一步走向前，蹲在西蒙身邊，把他的長髮撥開，露出底下那張雙眼緊閉的臉。他嘴邊有血，上衣和領口也染上醒目的血漬。

珍珠伸手探向西蒙鼻間，沒有呼吸；她再看向胸口，那裡也一片平靜，不見任何起伏。

珍珠回過頭，「他死了。」

「什……」翡翠啞然，怎樣也沒想到幾個小時前還與他們一同共進晚餐的人，忽然就失去了生命。

「他死掉了？」珊瑚震驚極了，「他爲什麼會死？」

這聲叫喊驚回了多莉亞的神智，她從震駭中回過神，努力撐起手腳發軟的身子，踉蹌地跑進房裡。

她像是不能接受現實，跪在西蒙身邊沙啞大叫著，「西蒙先生！西蒙先生！你醒醒啊，西蒙先生！」

就在此時，樓梯間傳來雜亂無章的跑步聲。

沒過多久羅伯特氣喘吁吁的身影出現在西蒙房外。

「發生……發生什麼事？我好像聽到有人尖叫……」羅伯特喘著氣，看見多雙眼睛齊齊望向自己時，下意識就想垂眼躲閃，可緊接著他發現到地上躺著一個人。

那人的嘴邊和身前都是血。

「西蒙先生！」羅伯特瞳孔收縮，突來的衝擊讓他身子晃了晃。

「羅伯特，西蒙先生他……」多莉亞白著一張臉，對羅伯特搖了搖頭。

羅伯特呆若木雞，難以接受這個晴天霹靂般的壞消息。

意識到石牆莊的主人再也不會睜開眼，多莉亞摀住嘴，但還是來不及堵住衝上喉頭的哽咽。

「怎麼會……怎麼會……」羅伯特喃喃地說，似乎只會重複這個字詞。

這團混亂中，翡翠發覺到有些事情不對勁。

起碼人數不對。

「鬱金呢？」

二樓弄出了這麼大的騷動，同樣也住在這層的鬱金不該到現在都沒露面。

他可是馥曼的負責人，怎麼可能連基本的警覺性都沒有。

「瑪瑙，快去鬱金的房間！」翡翠就怕鬱金在他們不知道的時候也出事了。

聽到了翡翠的話，多莉亞和羅伯特跟著發現到一件事。

管家傑納夫也不在這裡。

「傑納夫為何沒上來？」多莉亞焦慮地看向羅伯特，他和傑納夫的房間就在隔壁。

「我不知道……我這就下去看！」羅伯特慌忙跑下樓。

先出現的是鬱金。

金髮少年揉按著額角，眉頭緊鎖，嘴裡逸出呻吟，神色看起來有些痛苦。

待他一靠近，翡翠聞到了他身上有一股酒味。

這下翡翠還有什麼不明白，這位負責人根本就是喝到宿醉了吧。

「翡翠，你能不能管好你家的人……」鬱金一邊抵抗頭痛，一邊對翡翠宣洩不滿，

「你知道他幹了什麼嗎？他劈開我房間的門鎖，還把我從床上拖下來！我在睡覺耶，是

發生什麼天大的事非得……」

剩下的抱怨在看清眼前畫面時，全被鬱金吞回肚子裡，最後從他嘴中吐出的僅剩下一個音節。

「……靠。」

鬱金目瞪口呆，險些以爲是自己酒喝太多，才產生幻覺。

不然他怎麼會看到先前還跟自己把酒言歡的石牆莊主人，如今一動也不動地躺臥在地毯上，嘴邊還吐了好大的一灘血？

就像是死了。

翡翠要是能聽見鬱金的心聲，會體貼地告訴他儘管把「像」拿掉吧。

就是死了。

第8章

石牆莊的管家最晚才趕到。

傑納夫顯然聽羅伯特說明過緣由，素來沉穩的臉上掩不住慌亂，跟著羅伯特一起出現在房間外。

傑納夫心底本來還抱持微弱的希望，他寧可是羅伯特和多莉亞故意嚇他，但毫無生命跡象的西蒙和雙眼通紅的多莉亞說明了這是事實。

「啊啊，西蒙先生……」傑納夫乍然看見西蒙的屍體，臉上血色盡褪，雙腳差點站不穩，「到底……到底是怎麼回事？爲什麼會發生這種事？」

「我不知道……」羅伯特吶吶地說，「我來的時候就看見大夥圍在房前，西蒙先生已經……」

「傑納夫你爲什麼這麼晚才來？」多莉亞抹去淚水，抽噎地問，「都出這麼大的事了……」

傑納夫滿臉慚愧，「我睡熟了就很難被吵醒……要不是羅伯特來叫我，我真的不曉得西蒙先生他出事了。」

「他真的睡得很沉，我花了不少力氣才叫醒他。」羅伯特在旁邊證明，也說明了他們晚到的原因。

傑納夫深吸一口氣，強迫自己打起精神，如今主人出事，能夠扛起責任的只剩自己這個管家了。

「還請各位客人都先別動，以免破壞現場。」傑納夫走進房裡，雙眼如探照燈不停朝四周打量。

西蒙的臥室和石牆莊別處差不多，是暗沉憂鬱的風格，甚至讓人產生這不是臥室，而是牢房的錯覺。

床鋪枕頭棉被鋪得整整齊齊，沒有任何掀動，表示主人還不曾躺上床。

矮几上有一支酒瓶與一個空酒杯，加上掉落在西蒙手邊的那一個，能看出他曾與人共飲。

鄰近長桌上擺放著一盤水果，銀色的果盤裡碧綠的渾圓果實堆成小塔狀，該是塔尖的部分少了幾顆，應該是被房間主人或客人吃下肚。

窗戶是上鎖的，加上石牆莊又在孤島上，不太可能有外人入侵殺害石牆莊的主人。

倏地，傑納夫目光一凝，單人沙發後露出的鮮紅一角讓他快步上前。

那是一件紅色斗篷。

隨著傑納夫撿起紅斗篷，鬱金最先出聲，「那是我的。」

鬱金不說話還好，一開口，石牆莊的三名僕從瞬間全都盯住他不放，眼裡是滿滿的懷疑。

「我想起來了……」多莉亞站起身，語氣滲入一絲尖銳，「西蒙先生有邀你到房裡喝酒。除非他邀請，不然他不會讓任何人進來這裡，也就是說只有你進來過房內。」

「酒是我送來的，我確定那瓶酒在這之前沒被開過。」傑納夫拿起矮几上的酒瓶晃了晃，瓶內全空，酒沒了。

「我和西蒙喝得有點多，可能是被我們喝完的……」鬱金腦內思緒仍像一團黏稠的漿糊，他正試圖把它們理清，好回想他離開西蒙房間前的更多細節。

「你們沒喝完，我想你離開前沒有。」珍珠指著地毯上那個酒杯和濡濕的酒印子。

「我知道了！你對西蒙先生下毒了，他才會死的！」多莉亞紅著眼眶，聲音尖利地指控。

「什麼？我才沒有！」冷不防被蓋上凶手的印章，鬱金嚇了一跳，立刻嚴正否認，「妳不要胡說八道，我沒事幹嘛殺他？我只是和他一起喝酒聊天，只喝酒而已，雖然不確定離開時是幾點……我沒特別看時間。」

「你可能和西蒙先生聊天時起了爭執。」傑納夫嘴上說著可能，但看鬱金已經像看著犯人，「然後一言不合，你就對西蒙先生下毒了。」

「我沒跟他一言不合，我們聊天聊得很愉快。」鬱金簡直要被這幾人的無理取鬧氣死，「他還跟我分享了心上人的畫像！」

「他的心上人是長怎樣？」翡翠挺想知道西蒙口中的絕世美人究竟有多美。

鬱金卻是一時語塞，「她、她……我忘了……」

發現連翡翠幾人也狐疑地望著自己，鬱金懊惱地抹了一把臉，也想從渾沌的腦袋裡挖掘出記憶，偏偏就像有層霧氣籠著，讓他怎樣也看不真切。

鬱金有點後悔自己真的不小心喝太多了，但難得碰上志同道合的人，才讓他一時放縱多喝了幾杯。

「那是因爲我當時喝醉了，才會不記得……」他努力想證明自己的清白，無奈成效不佳。

他是最後跟西蒙說話的人，又是唯一進入對方房間的人，還留了件紅斗篷在這當證據。

無論再如何爲自己辯解，石牆莊的三人擺明就是把他當成謀害主人的凶手。

「不管你再怎麼說，最有嫌疑的還是你。」傑納夫壓下主人逝去的悲慟，嚴厲向羅伯特下達命令，「羅伯特，抓住他！」

身材中等的年輕人馬上撲向鬱金。

多莉亞也急忙左右張望，最後抓了一條圍巾在手中，打算用這充當繩索，要將鬱金的雙手綁住。

相較其他公會負責人，鬱金的體能或許是最弱的，但不代表他閃躲不了普通人。

他靈活躲過羅伯特的壓制，閃過想用圍巾纏住自己的多莉亞，一個箭步衝向了翡翠，趁人不備地將現在只是個小不點的翡翠一把撈起。

「繁星的，你們還在那看什麼熱鬧？再不幫我……」鬱金挾持著還一臉呆然的翡翠，向瑪瑙等人撂下狠話，「我就打翡翠屁股！」

「你敢打我就砍了你的手。」冷冰冰的威嚇出口的同時，瑪瑙的羽刀亦迅雷不及掩耳地直指鬱金頸側。

「鬱金你這個大壞蛋！」珊瑚也不甘示弱地亮出自己的法杖。

面對突如其來的發展，多莉亞不敢貿然上前，羅伯特則下意識轉頭向傑納夫求助。

場面一時陷入僵持。

「我個人建議……大家都先冷靜一下。」還是成爲人質的翡翠打破這份靜默，「我敢用斯利斐爾發誓，鬱金絕對不可能殺了你們的主人。」

「你爲什麼不是用你自己發誓？」鬱金匪夷所思地瞪著懷中的小男孩。

「在下拒絕成爲您發誓的工具。」斯利斐爾乾脆俐落地劃清關係。

即便翡翠的言行不像尋常小孩，傑納夫他們還是很難把他的意見聽進去。

是另一道柔和婉轉的女聲讓他們克制住衝動。

「窗戶的確由內上鎖，但我在窗邊發現了這個。」珍珠捏著一根細長白絲走上前，

「看起來是人的頭髮。」

「那是西蒙先生的吧。」傑納夫皺眉道，「在他的房間找到他的頭髮再正常……」

「不對，這不像是西蒙先生的頭髮。」多莉亞瞇細眼睛，「他的頭髮不像這根閃閃發亮，更不像這根頭髮滑順，這個看起來……」

多莉亞霍然低呼一聲，想起下午的可麗露消失之謎。

「我之前在烤箱那邊也發現幾根頭髮，這個跟那個好像，該不會是同一個……」

多莉亞話語尾音消在唇邊，她似乎想說「人」這個字，但又覺得這可能性太低。

「不可能。」傑納夫強力否定，「除了我們之外，石牆莊裡不會有其他人。況且西蒙先生在莊園裡設有防護陣，假如真有人入侵，早就觸發警報了。」

「但這個頭髮……」多莉亞仍感不安。

「小動物的吧，不知道哪裡闖進來的小動物偷吃了可麗露，又跑進西蒙先生的房間。」傑納夫一錘定音，不認為區區一根毛髮能和主人的死扯上關聯。

提起小動物，翡翠倒是想起一件事。他扭扭身子，引起鬱金的注意力，「鬱金你不是可以跟動物溝通嗎？叫來問看看？」

「那也要這附近真的有。」鬱金被翡翠扭得心煩，覺得懷中小孩簡直像一條抓不住的魚。但要是現在放開了，繁星的其他人說不定會丟著他不管，只好再奮力抓緊，「我覺得最有可能叫來的是老鼠，老實說我不太想跟牠們溝通。」

嘴上說厭煩，但鬱金還是微噘起嘴，吹出一聲綿長的哨音。

眾人等了一分鐘、兩分鐘……很多分鐘過去了，臥室裡什麼也沒出現。

鬱金大感吃驚，「不是吧！你們這連一隻老鼠都沒有!?」

「西蒙先生對環境衛生要求得很嚴格。」傑納夫說起這部分就格外驕傲，「因此石牆莊裡絕對沒有老鼠。」

「那，蟑螂？」翡翠又提出一個選擇。

「我是跟動物溝通，你說的那才不叫動物。」鬱金當場露出嫌惡的神情。

既然鬱金無法再舉證自己的清白，傑納夫沉下臉，打算和羅伯特聯手，強行剝奪他的自由，把人關起來。等大霧散去，再將人押送到最近的冒險公會，求一個公道。

「等一下！」翡翠連忙喊停，制止了傑納夫他們的逼近，「我們可以想想別的辦法，找出真正的凶手。」

「翠翠說的沒錯。」珍珠突如其來扔下一記震撼彈，「畢竟凶手，也可能就在你們之中。」

傑納夫、羅伯特和多莉亞登時臉色大變。

「妳說什麼？妳這是指凶手是我們當中的一個嗎？這太荒謬了！」多莉亞又氣又急地反駁。

羅伯特口舌笨拙，但也猛點頭附和多莉亞的說法。

「妳這是一派胡言！」傑納夫也被激起幾分惱火，我們爲什麼要對西蒙先生……」

「那我幹嘛要害他？」鬱金逮著機會，犀利地把話奉還回去，「我也沒理由啊。如果你們非堅持我們是一言不合，那你們也有可能嘛。」

傑納夫幾人一時被堵得啞口無言。

「我們三人和翠翠一直都是一起行動，我們彼此可以作證，當然你們也可以懷疑我們互作僞證。」珍珠又出聲引起眾人注意，「但我要說的是，每一個人都可能進來這個房間。我們是聽見多莉亞尖叫才跑出來，最先看到的就是她跌坐在西蒙先生的房間外，而房門是打開的。」

「珍珠說的沒錯。」珊瑚大力支持珍珠的說法，「珊瑚大人是第一個跑出來看到的，那個蘋果派就坐在地上！」

跟不上珊瑚思路的傑納夫幾人花了幾秒才反應過來，她口中的「蘋果派」就是多莉亞。

傑納夫忽地察覺到一個不合理之處，投向多莉亞的眼神驀然變得銳利，「多莉亞，爲什麼妳半夜會跑上二樓？」

「我、我……」不料矛頭突然指向自己，多莉亞一下變得支支吾吾，眉眼間也閃過一瞬的緊張，「我那是……我那是因爲……」

「因爲什麼？」傑納夫越看多莉亞越覺可疑，他們三人的房間都在一樓，而三更半夜的，多莉亞出現在二樓格外不對勁，「難不成西蒙先生是妳……」

「不是，眞的不是我！」多莉亞慌張叫屈，「我……我是因爲在樓梯聽見怪聲，才會上來二樓的，然後就看到西蒙先生的房門是敞開的，才會好奇上前，結果就……就看到他倒在地上了。」

「妳爲什麼會去樓梯那邊？」鬱金沒錯過這個細節。

「我是……」多莉亞喉頭滾動一下，試圖讓自己聲音穩定下來，「我是睡到一半忽然口渴才去廚房，回來時經過樓梯，就聽到奇怪的聲音。」

「什麼奇怪的聲音？」

「很像……很像我昨天跟前天聽到的，那個尖尖細細的聲音。」

「是說『在嗎？在嗎？』的那個聲音嗎？」翡翠奮力一扭，從鬱金雙手下逃脫，他可受不了對方那像是隨時會抓不住自己的力道了。

「對、對，跟那個聲音很像！」見有人認同自己，多莉亞喜出望外。

「我們也聽見了。」翡翠的話像在房間裡落下驚雷。

傑納夫、羅伯特、多莉亞和鬱金都驚訝地看著他。

「在多莉亞尖叫之前，但不確定間隔多久。」翡翠補充，「房間外有人，或某個東西敲門，說，在嗎？在嗎？」

「你們有看到什麼嗎？」鬱金問道。

「沒，睡覺比較重要呀。」翡翠理所當然地說。

「明明弄清楚外面是誰比較重要吧。」鬱金實在無法理解翡翠的腦迴路，「算了，就算你們聽見，也不能確定某個東西就是凶手。照多莉亞所說，那東西前天就出現了，眞的想害西蒙先生也不用拖到今晚。更不用說西蒙先生怎麼看，都像中毒死的。」

堅信那是鬼魂的多莉亞深有同感，下毒的手段看起來更像人爲。

既然多莉亞能說明自己出現在二樓的原因，傑納夫和羅伯特馬上又把鬱金列爲重點嫌疑人。

多莉亞更是氣勢洶洶地再次瞪向鬱金。

面對執意要把自己當成凶手的三人，鬱金煩躁地彈下舌，決定把這麻煩推給別人。

「繁星冒險團，我現在交給你們一項委託。」鬱金一張精緻的臉蛋上沒了表情，看起來還是有幾分威嚴的，「替我——」

馥曼負責人在這一刻深切地感受到扔出麻煩的解脫感。

「找出殺害西蒙先生的凶手！」

繁星冒險團接委託的標準很簡單。

翡翠答應，就是答應。

若是拒絕，那就滾蛋別再煩。

這趟旅程鬱金別的感受不多，對翡翠熱愛美食的一顆心體悟最深。

他直接用食物當酬勞，承諾只要翡翠幾人替他解決問題，就會免費招待他們在馥曼一個月的吃喝。

不會瘋狂加糖的那種，一般人絕對可以承受。

翡翠他當然是……興高采烈地應允了。

反正在加雅已經賺了一筆錢，加上現在不用再瘋狂吃晶幣為眞神補足力量，翡翠毫不猶豫地倒向美食的那一方。

有得吃有得喝，還不用付錢，這在翡翠的夢想清單中肯定有排到前三名。

翡翠還沒想出第一步行動，珍珠已先替他考慮好了。

「我們先把屋內檢查一遍，確保沒有人入侵。在彼此皆認爲對方有嫌疑的情況下，我們可以互相監視。」珍珠沉靜穩重的模樣格外有說服力，「珊瑚留在西蒙先生的房間裡，看著鬱金和羅伯特、多莉亞，傑納夫則和我們一起去檢查屋子門窗。」

珍珠選擇讓珊瑚留下而不是瑪瑙，主要是擔心瑪瑙嫌他們太煩，忍不住直接出手。

沒有翡翠在場，瑪瑙某方面來說就是完全不受控。

珊瑚則不用擔心這個問題，只要告訴她怎麼做，她就會好好地完成這件事。

沒人對提議有意見。

而有了傑納夫幫忙指引，翡翠幾人也不用擔心會漏掉哪一扇窗或門。

他們先下樓巡視一圈，也進去了傑納夫等人的房間，確認一樓門窗都是由內上鎖，沒發現任何遭受破壞的痕跡。

如此一來，更能排除外人入侵的機率。

途中翡翠感到口渴，又折回廚房。怕水壺太重，瑪瑙幫他倒了一杯，放至他手裡。

「斯利斐爾，你能感應到這地方還有其他人在嗎？」翡翠暗地裡問著斯利斐爾。

斯利斐爾捏捏眉心，瞥向翡翠的眼神滿是挑剔，「您會知道您的屋子裡有多少隻螞蟻嗎？」

「懂了，你不知道。」翡翠自動無視這位眞神代理人一貫的陰陽怪氣，直搗核心。

翡翠喝完水，倏地想起石牆莊還有一個地下室，「傑納夫，地下室在哪邊？它有對外窗嗎？」

「地下室沒有對外窗。」站在廚房門口的傑納夫據實以告，「西蒙先生雖然有把莊園各處的鑰匙交給我保管……」

但唯獨地下室的鑰匙，只有他才有。

既然地下室沒有對外窗，翡翠也沒打算找出那把西蒙收起的鑰匙。

接下來他們回到二樓巡視，那些空置的房間也沒落下，房內窗戶同樣深鎖。

這說明了深夜迷霧中的石牆莊，就是一個封閉的空間。

石牆莊不小，檢查耗費的時間也不少，等翡翠幾人重回西蒙寢室，就看到鬱金支著頭，坐在沙發上打盹。

多莉亞和羅伯特束手束腳地坐在一邊，目光儘可能避開地上的主人遺體。

必須和一具屍體共處那麼長的時間，讓他們坐立難安。

當翡翠幾人的身影再出現，多莉亞和羅伯特皆露出如釋重負的表情。

「翠翠！」珊瑚更是喜上眉梢，雀躍地向翡翠邀功，「我有好好盯著他們喔，珊瑚大人可是超認眞的！」

「珊瑚超棒。」翡翠總是不吝惜給出讚美。

旁人的動靜讓鬱金從睡意中脫離，他發出一聲低吟，抬頭看向聲音來源處。

「你們回來了……」鬱金掩口打了一個呵欠，「有發現到什麼嗎？」

「沒有。」翡翠給出簡潔扼要的兩個字。

「眞的什麼都沒有？」多莉亞急切地站起，朝人多的方向靠近，這能讓她多一些安全感。

羅伯特也默默地移動過去，在傑納夫身邊像根不說話的柱子。

「沒有，什麼也沒發現。別說人，也沒看到什麼小動物。」傑納夫原本就不認爲大宅裡有外來者闖入，這趟檢查不過是證實他的想法。

既然沒在屋裡發現異狀，繁星冒險團決定換從「人」這方面著手調查。

翡翠知道依自己目前的孩童外貌，問起話來可能不會受到重視，他朝珍珠使了個眼色，把這項任務交給她。

珍珠打算詢問三名僕從在來到二樓前，各自在房裡做了什麼。

多莉亞則表態希望能換個地方再問，起碼別讓他們繼續和西蒙的遺體待在一起。

所有人轉移陣地到另一間空房。

第一個被問到的人是多莉亞，即使先前她已交代自己上樓的前因後果，珍珠還是希望她再重複一次。

多莉亞仍是原來那套說詞。

「我睡到一半突然口渴，房間裡的水沒了，才去廚房倒水。經過樓梯時聽到了奇怪的聲音，忍不住上樓。結果就看見西蒙先生房門沒關，燈也還亮著。這和他平時的習慣不一樣，所以我上前一探究竟，卻看到西蒙先生一動也不動地倒在地上，我太害怕了，才尖叫出聲。」

聽見多莉亞去過廚房倒水，也曾在廚房待上一會的翡翠靈機一動，想試試她有沒有說謊。

「怪不得我去廚房的時候，發現水壺都快空了。」

其實水壺還有八分滿的水，假如多莉亞沒說謊，那麼她就會直接否認。

「對、對，我不小心倒太多了！」可多莉亞竟是順著翡翠的話承認了。

翡翠飛快地與珍珠交換一記眼神，確定了多莉亞有問題。她在說謊。

她想隱瞞什麼，才會說自己是口渴才起來的？

傑納夫當時雖然也在廚房，但他待在門口處，沒有留意翡翠的動靜，更看不出水壺還剩多少水，自然沒察覺到這番對話哪裡有異。

珍珠也不打草驚蛇，若無其事地詢問下一個人。

羅伯特不習慣與人對視，回答問題時一直低著頭。

「那個時候我在睡覺，我不曉得外面發生什麼事，後來是聽見有人尖叫，聽起來像多莉亞的聲音，才趕緊起來跑出房間。」

傑納夫的證詞更簡單了。

「我只要睡著就很難被吵醒。我沒聽到多莉亞的尖叫，是羅伯特把我叫醒，我才知道究竟發生什麼事。」

聽起來都沒什麼問題。

珍珠轉頭與翡翠低聲商量幾句，接著又向傑納夫他們提出一個要求。

「可以看看你們的房間嗎？」

傑納夫對此不解，「剛在一樓時，不是所有房間都進去過了？」

「你們進去過我的房間了？」多莉亞驚呼一聲，發現眾人看過來，她也意識到自己的反應有些激動，慌忙解釋，「我的意思是，我房間有些亂，就這樣被你們看光了！」

「我們沒多看，那時只是要確定對外的門窗有沒有鎖上。」傑納夫還真記不起多莉亞的房間是乾淨或凌亂。

多莉亞找不出理由反駁，只能同意檢查房間。

第9章

一行人一塊下了樓，最先來到的是多莉亞的房間。

由多莉亞推開門，房內還留著一盞小燈，暗淡的光線讓空間顯得朦朧。

多莉亞打開大燈，明亮光輝登即灑下，讓所有景物變得一清二楚。

就如她所說，房裡確實有幾分凌亂，各種衣物亂糟糟地堆疊一起，像座色彩繽紛的小山；地上也散落著多雙襪子，似乎隨便走個一步都會踩到。

「多莉亞……」傑納夫這才認知到多莉亞沒有誇大。他喜好整潔，難以理解怎有人可以忍受東西亂七八糟地擺放，他不甚贊同地望了對方一眼，「東西還是要收好。」

多莉亞困窘得臉蛋發燙，頭垂得低低，似乎希望腳下有個大洞，能讓她把臉埋進裡面。

僕從的房間不算寬敞，所有人都進去會塞得寸步難行。

因此除了多莉亞、傑納夫外，只有珍珠、翡翠和斯利斐爾進入。

斯利斐爾對整件事沒興趣，但翡翠強拉著人，硬是把對方也拉進房裡。

只要斯利斐爾願意，他的存在感能比紙還薄，翡翠就是想利用他這個特質，幫自己觀察多莉亞的表現。

多莉亞在翡翠他們面前可能會努力不讓自己露出破綻，但在斯利斐爾面前，她估計都忘了對方的存在。

「爲什麼珊瑚大人也要跟你在外面等？」珊瑚想到自己跟瑪瑙是同一等級就很不高興。

「妳那顆腦子，進去也幫不上翠翠的忙。」瑪瑙目不斜視，眼神全追在翡翠身上。

多莉亞站在桌前，雙手絞緊放在身前，不知道翡翠他們進來自己的房間，到底是想看出什麼。

翡翠和珍珠要找的東西很單純，就是多莉亞擺在床邊的水壺。

只要能確認水壺裡的水量，再結合多莉亞先前的說詞，就能在她面前甩出直白有力的證據。

翡翠可是記得很清楚，廚房的那個水壺在瑪瑙幫自己倒水時，差不多還是八分滿。

而多莉亞房裡的水壺……

翡翠一看，也是滿的。

證據這不就送到他們手上了？

「多莉亞，妳在說謊。」珍珠突如其來的指責，讓多莉亞愣在當場，幾秒後才慌亂地爲自己辯解。

「我沒……我哪裡說謊了！妳、妳不要隨便誣賴我！」

傑納夫也不明白珍珠怎會無端認定多莉亞說謊，方才對方的說詞合情合理。

「妳說妳口渴才會去廚房倒水。」珍珠猶然噙著淺笑，一雙藍眸不容人閃避地直視著對方，「可妳的水壺是滿的。」

「那是因爲我喝了幾口水就不渴了……沒人規定我一定要喝很多吧。」多莉亞背抵著桌緣，一手無意識地往後放，正好壓在抽屜位置。

「可是……」珍珠慢悠悠地說，「我們在一樓巡視時，看到廚房的水壺也是滿的。」

「滿的又……」多莉亞反射性想質疑，話剛脫出口，她神色驟變，顯然察覺到自己話裡的漏洞。

「如果廚房的水壺是滿的？那麼妳又是去哪邊倒水呢？」珍珠說出了關鍵，「妳也可以說妳倒完水又重新燒水，可是燒水需要時間，水放涼也需要時間。」

珍珠就差沒直白地問多莉亞，妳不是宣稱倒完水就回房間了嗎？

多莉亞再也掩不住滿臉慌張，她無意識地挪動身子，把桌子的抽屜完全擋住，壓按在抽屜上的力道無意間變得更大，指關節隱隱泛白。

這只是一個細微的動作，但顯然被斯利斐爾收納在眼中。

斯利斐爾把這個發現告知了翡翠。

翡翠若有所思地觀察多莉亞，覺得那個小動作就像是……害怕有人發現那個抽屜。

不管他推論得正不正確，多莉亞拚命想藏起的抽屜裡恐怕有某種祕密。

「多莉亞，妳為什麼要說謊騙我們？」傑納夫震驚萬分地看著臉色發白的紅髮少女，「妳沒有去廚房倒水的話，到底去了哪裡？難道說西蒙先生……」

「不是，我沒有！」多莉亞尖叫，「我絕對沒有害死西蒙先生！」

「那妳到底去了哪裡？」

「我是去、我是去……」

見多莉亞欲言又止，就是不肯說出自己去了哪，傑納夫臉上浮起濃濃的失望。

翡翠不在意這兩人陷入僵持，朝門口的瑪瑙招招手，要他進來一下。

瑪瑙在進房前還不忘暗地裡朝珊瑚投去炫耀的眼神，氣得珊瑚直跺腳，不懂翡翠怎麼會找他，不找更厲害的珊瑚大人。

翡翠交代瑪瑙的工作很簡單：把女僕小姐從桌前挪開。

不用瑪瑙動手，光是他站在多莉亞面前，那身凜冽冷然的氣勢便足以令少女瑟瑟發抖，不自覺地挪動身體，就怕礙到對方的眼。

待她見到翡翠一個箭步上前要打開她的抽屜，這才猛然回過神。

「不行！不能開！」目睹自己的抽屜被人往外抽開，多莉亞發出淒厲的叫喊，顧不得瑪瑙帶來的恐怖威壓，試圖撲上前阻止。

但已經來不及了。

她一心想藏起的東西，就這麼暴露在眾人眼前。

傑納夫瞪大眼，強烈的衝擊讓他頭暈目眩，「多莉亞妳……妳、妳……」

「啊，這……」藏在抽屜裡的東西讓翡翠一時不知該怎麼評斷。

「什麼東西？抽屜裡有什麼？」鬱金忍耐不住，硬是從房外擠進，探頭往抽屜內一望，然後被濃濃的困惑籠罩，「頭髮？為什麼這裡放了一堆白色頭髮？」

鬱金是真的無法理解，抽屜裡擺滿一大堆長短不一的白色髮絲是要做什麼？如果是收藏，這個癖好真的太怪了。

自己最大的祕密被曝光，多莉亞渾身顫抖，抽噎一聲，雙手摀臉地蹲下，似乎不願再跟其他人對上目光。

翡翠他們是今天才到石牆莊，縱使瑪瑙、珍珠和珊瑚都是白髮，但抽屜內的頭髮明顯累積一段時間了，不可能全是他們所有。

石牆莊就只有一人是白髮。

換句話說……

「妳對西蒙先生有什麼不滿？妳是想要……」傑納夫按著胸口，克制不住激動情緒，「妳收集了他那麼多頭髮，妳是想要詛咒他嗎！」

傑納夫曾聽過不少詛咒得要拿到目標的頭髮或指甲，或其他貼身物品。他不想把與自己共事的少女想得那麼惡劣，可眼前畫面已說明了事實。

「才不是！」多莉亞受不了被汙衊，忍無可忍地重新站起，「西蒙先生是個好人，我幹嘛要詛咒他！」

「那妳收集那麼多頭髮是要做什麼？」傑納夫手指顫顫地指著抽屜，那些都是最好的證據。

「我那是……」多莉亞又像嘴巴被黏住，只說了幾個字，就閉口不肯再說。

「要詛咒也不用那麼多頭髮，一小撮就行了。」鬱金涉獵廣泛，對詛咒也有幾分研究，「又不是頭髮越多，詛咒力量就越強。」

傑納夫想起這名金髮少年是冒險公會的負責人，對他的話有了幾分信服。

但這仍無法解釋多莉亞為什麼要偷偷收集西蒙的頭髮。

最後還是傑納夫撂下狠話，假使多莉亞再不老實交代，他就要把她當成謀害石牆莊主人的凶手，將她扭送法辦。

多莉亞被嚇住了，她不想失去這份工作，更不想被當成凶手。

「我、我這就說！」她終於肯如實交代半夜的行蹤，「我沒有去廚房，我起來是……去二樓，然後就看見西蒙先生出事了。」

「妳爲什麼要上二樓？」

「……爲了撿頭髮。」

「什麼？」

「我去二樓是爲了……」多莉亞閉上眼，豁出去地說，「撿西蒙先生和客人掉落在走廊上的頭髮。」

眞相太過匪夷所思，一時沉默包圍了眾人。

半晌過去，鬱金率先發出了一個音節，「……啊？」

有人帶頭打破凝滯的氣氛，立刻就有更多人出聲。

「妳說撿頭髮？」傑納夫如墜五里霧，不明白多莉亞怎會有這興趣，「妳爲什麼要撿頭髮？」

「妳還想撿我們的頭髮？」珊瑚瞪大一雙眼睛，她有時腦筋轉不過來，有時又直覺敏銳得驚人，「妳下午跟晚上想靠近珍珠，是不是就是要拿珍珠的頭髮？」

下午時，多莉亞連說帶比地爲大夥說起自己的撞鬼經驗，差點揮手碰到珍珠。

晚上時，多莉亞走在珍珠身後，以爲神不知、鬼不覺，朝珍珠伸出了手。

但精靈們何其敏銳，沒有回頭，也能藉由空氣裡的波動察覺到多莉亞的小動作。

「我只是想撿掉在衣服上的頭髮……」多莉亞囁嚅著說。她自認做得隱密，沒想到都被珍珠他們看在眼裡。

「等等，等等等等。」翡翠連忙打岔，重點應該是撿頭髮的背後原因，「多莉亞，妳爲什麼要撿白色的頭髮？還收集了那麼多？」

多莉亞咬著嘴唇，像難以啓齒，經歷內心一番天人交戰，才做出下一步動作。

她慢慢把睡帽摘下來，再彎下身，低下頭。

本該被茂密髮絲遮蓋的頭皮，卻有幾小範圍……禿了。

傑納夫和羅伯特還是頭一回知道多莉亞藏著這個祕密，他們齊齊抽了口氣，接著恍然大悟。

怪不得多莉亞總是戴著帽子。

工作時戴著女僕帽，睡覺時也要戴著睡帽。

將自己最大祕密暴露在眾目睽睽下讓多莉亞坐立難安，頭皮那塊缺少遮擋的位置更猶如火在燒，她飛快把帽子戴回去，臉頰因爲羞恥而漫上紅雲。

「我太常熬夜看小說了，不知不覺就……」多莉亞不是很想說出那個詞，「頭髮少了一點。」

「妳禿了跟妳撿頭髮有什麼關係？」鬱金全然沒想過修飾話語，直言不諱地指出問題，「妳撿的都是白髮。」

最艱難的部分都說出口了，多莉亞對這個質問倒是沒糾結太久，全部交代了出來。

「我家鄉流傳一個說法，只有用心親手收集頭髮，才能製作出可以陪伴自己最久的假髮。島上就我們幾個人，我的選擇不多。雖然西蒙先生的髮質看上去不太好，但我可以再泡我家祖傳的藥水讓它恢復光澤，而且白頭髮很適合拿來染成其他顏色。」

不是，妳家鄉是有多少人有禿頭煩惱啊……翡翠差點要脫口而出。

「那所謂的怪聲……」羅伯特忽地聯想起這個被忽略的疑點，「眞的有聲音嗎？」

若多莉亞是爲了撿頭髮才會到二樓，那她之前說的那些……該不會都是謊言吧。

發現傑納夫看向自己的眼神裡又滲入懷疑，多莉亞急忙解釋，「是眞的，我去二樓時真的有聽到那個怪聲，但到了樓上什麼也沒看見，再來就是發現西蒙先生的房間是打開的。」

就像是不高興羅伯特突來的質疑，多莉亞話鋒一轉，無預警把矛頭轉向這位平時話不多的同事。

「羅伯特你也在說謊！別以爲我不知道，你根本不是早早就睡了，我離開房間時看到你的門下還透著光。你明明醒著，卻騙人說你早早就睡了！」

「多莉亞說的是眞的嗎？」傑納夫懷疑的眼神立刻投向羅伯特，「你也說謊了？」

羅伯特沒料到多莉亞會忽然針對自己，臉上一時藏不住驚慌，雙眼更是不敢與傑納夫對上。

傑納夫看到這反應哪還有不明白的，他以爲老實木訥的羅伯特居然也說謊矇騙自己。

「你爲什麼要說謊？」傑納夫怒從中來，直接往最壞方面想，「西蒙先生該不會就是你害死的！」

「不是我、不是我……」羅伯特白了一張臉，拚命搖手否認，似乎這樣做就能讓傑納夫相信他的清白。

傑納夫當然不會這樣就相信，還認定羅伯特的可疑度增加了。

「還不快點老實交代，你為什麼要假裝自己早早就睡？」傑納夫進一步厲聲逼問，「西蒙先生會死，是不是跟你有關？」

「不是，真的不是我……我什麼也沒做！」羅伯特忍不住往後退，退至門口後，就像被逼到走投無路一樣，扭頭逃進了自己的房間裡。

房門被重重關上的聲音迴盪在走廊上，接著上鎖聲傳進眾人耳中。

羅伯特把自己鎖在房裡，好似這樣做就能逃避一切責問。

「羅伯特、羅伯特！」傑納夫大力拍打門板，羅伯特的躲避行為在他看來更像畏罪逃脫，「你要是不主動開門，就別怪我去拿鑰匙過來了！」

石牆莊除了主人西蒙外，傑納夫也保管著各廳室的鑰匙。

羅伯特沒有回應，如同一隻把自己埋起的鴕鳥。

「羅伯特，西蒙先生難不成真的是你……」多莉亞本來只是想讓羅伯特也嘗嘗被逼問的滋味，卻沒料到對方會有這麼大的反應。

她大受震撼地瞠大眼，難以接受印象中的老好人會是殺害主人的凶手。

「真的不是我！西蒙先生的事我什麼也不知道！」門板後傳來羅伯特悶悶的大吼。

傑納夫放棄與對方浪費時間，決定去拿鑰匙直接開門闖入。他正要轉身離開，卻見繁星冒險團的那名白髮男人上前，手裡不知何時握著一柄造形特異的羽刀。

瑪瑙越過傑納夫，以快得令人捕捉不到的速度，眨眼劈開羅伯特房門門鎖，再直接踢開門。

躲在房內的羅伯特被這突來的動靜嚇住了，一時站不穩，往後跌坐在地。他仰著頭，滿臉驚恐地看著門外的一群人。

緊接著他跳起來，反射性就想衝去房內某個角落，又猛然硬生生煞住腳步，就怕主動暴露不想讓人見到的事物，但不自覺飄去的眼神已經出賣了他。

在場幾人沒有忽略羅伯特看向的方位，那裡擺著一個門扉緊閉的木頭櫃子。

「珊瑚，打開它。」翡翠當機立斷。

「好呢！」被點到名的珊瑚心花怒放，這證明翡翠最看重的果然是自己。

「別打開、別打開！」羅伯特想要撲上前阻止，但被傑納夫和多莉亞聯手拉住。

事實上，就算羅伯特沒被拉住也比不上珊瑚的速度，她就像一道狂野的紅色旋風掠過所有人面前。

櫃門被珊瑚打開，她「哇」了一聲，桃紅色的眸子閃閃發亮。

「翠翠、翠翠，快看！」她興奮地扭過頭，一心想和翡翠分享，「這些好可愛喔！」

櫃子裡藏的不是什麼見不得人的東西，赫然整齊擺著許多針織玩偶。從人物、動物到植物都有，造型討喜，顏色粉嫩，可愛得令人愛不釋手。

也有一些是半成品，還有大量毛線與多支粗細不同的鉤針。

這些可愛討喜的玩偶馬上吸引多莉亞的全部注意，原本抓著羅伯特的雙手也不知不覺鬆放開。她朝櫃子走了幾步，滿臉不可思議。

「這些……該不會都是羅伯特你做的？」

「對……」最不想暴露的祕密還是被人知道了，羅伯特一副羞愧到不行的模樣，雙眼絲毫不敢與人對上，「我不想讓你們知道的，因爲……很奇怪。」

「怎麼會？這哪裡奇怪了？」多莉亞不解地轉頭看著羅伯特，「這超可愛的，你好厲害！」

「真的？」羅伯特頓時像忘記怕與人對視的毛病，猛然抬起頭，「不奇怪？不會認為這應該是女孩子才會喜歡的？」

「沒喔，完全沒那回事。」翡翠從旁插嘴，「我有個學……總之就是朋友，他外表看起來很凶，瞪起人來更凶，可是他就超愛可愛的東西。就像你做的這些玩偶，他肯定超愛的。」

「羅伯特，你大半夜不睡覺……」看著滿櫃子的針織玩偶，傑納夫豁然開朗，「其實就是在做這個嗎？」

確定投來的目光沒有鄙夷，只有不加掩飾的讚歎，羅伯特內心的大石頭落了地。

「對，我在做新的玩偶，就藏在被子底下。」他總算有勇氣坦承事實，「我平常製作玩偶時會戴耳塞，容易聽不見細小聲音，但多莉亞的尖叫很大聲，所以我才注意得到。」

「啊，我懂了。」多莉亞低呼一聲，解開先前堆在心裡的謎團，「怪不得你們會說昨天、前天都沒聽到怪聲。」

一個晚上戴著耳塞，一個睡著就雷打不動，才會沒有發覺門外曾出現異響。

為了確定羅伯特所言不假，翡翠湊近床邊，將被子一把揭開，露出了一個令他意想不到的東西。

「這個……」珊瑚連忙湊過來，抓起東西東看看、西看看，「好像是翠翠的頭耶。」

「是挺像的。」翡翠摸摸自己的臉，再看向那顆毛線腦袋。線條乍看下很簡單，但綠色頭髮、黑色眼睛，還有眼下的三點痣，鮮明的特徵和翡翠一模一樣。

「因爲……因爲你眞的太可愛了……」羅伯特不好意思地小聲說，「讓我忍不住手癢，想做出一個同樣的玩偶。」

這下羅伯特晚上一直盯著翡翠的謎也解開了。

「啊，完工的話，我是打算送出去的。」羅伯特補充道：「就是不知道你願不願意接受。」

「那就先說謝謝了。」翡翠笑咪咪地說道。

「這樣一來，羅伯特的嫌疑也洗清了。」珍珠示意珊瑚把那個半成品玩偶放回去，不要想趁機摸走，「畢竟這個玩偶是不可能事先準備的。」

「因爲你們今天才到島上……」多莉亞順勢一想就明白了，「羅伯特之前沒見過你們，玩偶也只會是今天才有辦法開始做的。」

看著那個目前只完成頭部的玩偶，多莉亞有些羨慕，她也想要一個自己的玩偶。

這念頭剛閃現過去，她的眼角餘光就捕捉到一抹紅色。她立即轉過頭，在櫃子最上面那一層發現了驚喜。

在那一排玩偶中，有個玩偶的外表竟然具備著她的特色，紅髮、黑白色的女僕裝，還戴著一頂女僕帽。

「那是我嗎？」興奮染上多莉亞的眉眼。

「對，還有傑納夫的。」羅伯特靦腆地說，「不過它在裡面一點，就在多莉亞妳的玩偶後面。」

聽見也有自己的玩偶，傑納夫跟著上前，主動先替多莉亞把她的拿下來，再伸手往櫃內一探。

玩偶擺在櫃子最上層，傑納夫必須伸長手臂才能摸到裡面，袖口也隨著他的動作向下滑落，露出被遮擋的手腕。

——也露出了先前不曾暴露過的咬痕。

第10章

離傑納夫最近的多莉亞最先注意到那個傷口。

「你的手怎麼受傷了?那是……被咬了嗎?」

「沒事，只是小傷。」傑納夫反射性想縮回手，但手腕上的傷已被其他人看得一清二楚。

「你是被什麼東西咬?」珊瑚好奇地打量著，「看起來咬好大力喔。」

「沒什麼，就是不小心被小動物咬到。」傑納夫態度不自然地拉扯袖口，連針織玩偶都忘記要拿下來。

「但你不是不喜歡小動物嗎?平常看到都會躲得遠遠……」多莉亞剛說完就察覺到不對勁。

看到小動物會閃躲的傑納夫，是如何讓自己被咬到的?

不僅多莉亞冒出這個疑問，翡翠等人也立刻以犀利的視線鎖定傑納夫。

「是、是被松鼠咬的，真的沒什麼！」傑納夫把受傷的手往後藏，欲蓋彌彰。

「松鼠不會主動咬人。」負責庭院工作、時常看到松鼠的羅伯特忍不住低聲反駁，「牠們看到人會先跑開。」

「你是不是在隱瞞什麼？」多莉亞不禁生起濃濃懷疑。

「不好意思，要麻煩你讓我們看看傷口了。」珍珠朝珊瑚使了一記眼色，雙方的默契讓她不用特別明說，珊瑚就知道該怎麼做。

珊瑚出其不意地抓住傑納夫的手，不像是纖細手臂擁有的強悍力道硬是讓他無法掙脫。無視他的反抗，珊瑚強硬拉開他的袖子，重新讓那枚咬痕進入眾人視線。

幾個人立刻圍過來看。

尤以多莉亞和羅伯特最爲迫切，在自己的祕密被揭穿之後，他們也想知道傑納夫隱藏的祕密是什麼。

「這怎麼看都不是松鼠咬的。」羅伯特一針見血地指出，「齒痕完全不一樣。」

「而且松鼠的嘴巴有那麼大嗎？」多莉亞用手指比畫大小。

翡翠個子矮，靠瑪瑙將自己抱起才尋到較好的觀察角度。他盯了一會，得到一個結論，「那個咬痕看上去很平整，不太像動物的牙齒。」

「嘴巴好像也不小……」珊瑚作勢要張嘴咬上傑納夫的手，「比珊瑚大人的大。」

鬱金靈光一閃，忽地往自己手背上也咬了一口，留下一圈牙印。

他咬得大力，對自己毫不留情，皮膚甚至都滲出血絲了，但也讓人得以將兩者清楚比較。

兩邊痕跡如此相似。

這無疑說明了傑納夫手腕外側的咬痕並不是小動物咬的。是人咬的。

而且從齒痕方向來看，可以排除是自己咬的。

但誰會咬傑納夫？

石牆莊連同稍早前仍活著的西蒙共有十人，扣除傑納夫本人，今天才抵達的六名客人不可能做這種事。

剩下的三個人……

多莉亞和羅伯特霍然間意識到一件事，兩人的臉不由得白上幾分，看向傑納夫的眼神也透出驚悸。

他們沒咬傑納夫，那唯一的人只剩下……西蒙先生！

已經死去的西蒙先生之前為什麼要咬他？會不會就是他將西蒙先生……

多莉亞和羅伯特沒把心中想法說出口，可他們的表情已說明一切。

傑納夫自然也看出來了，他急切否認，「我沒有，西蒙先生的死跟我沒有關係！」

「但看起來很像你們扭打，然後西蒙先生反抗才咬你一口。」鬱金拿出手帕擦了擦手背，「最乾脆的辦法是上樓去比對，只要比對不符合，就能證明你不是。」

傑納夫正要強烈表達他願意上樓比對的意願，就聽見翡翠若有所思地喃喃。

「但就會出現新的問題吧。像是這傷口究竟是誰咬的，莊園裡難道還藏著不明的其他人嗎？」

傑納夫身子一僵，來到嘴邊的話登時說不出口。

只要上樓比對就能證明這個傷口與西蒙先生沒關係，如此一來也能洗清自己的嫌疑。可是、可是，那個隱藏的祕密……就必須曝光在所有人面前了。

傑納夫背後滲出冷汗，正當他陷入天人交戰之際，房外冷不防出現驚人震響。

砰！

就像是有東西重重地撞在門板上。

所有人瞬間被轉移注意力，逼問傑納夫一事跟著被拋到一邊。

「什麼聲音？」多莉亞白著臉，「我們全部的人不是都在這裡了嗎？」

「會不會是風吹……」羅伯特越說越小聲，連他自己都覺得這個可能性太低。

倘若風勢強大，隔著窗戶一定能聽到動靜。

翡翠他們和鬱金則是二話不說拔腿往外衝，誓必要逮到那個製造騷動的原凶。

不管它是人或是什麼，石牆莊裡果然還藏著他們以外的存在。

追尋聲音源頭對幾名耳力格外靈敏的精靈一點也不難，他們跑得飛快，一下就把石牆莊三人和鬱金拋在後面。

「比一下，誰最快找到。」瑪瑙面無表情地朝珊瑚扔出挑釁。

珊瑚的那顆競爭心被撩到最高點，說什麼都要當最先找到的第一個。

然而說要跟人比的瑪瑙卻沒有用上全力，甚至還故意放慢了速度。

珍珠的體能在繁星冒險團中算是墊底，落在後頭的她便目睹瑪瑙順利獲得抱著翡翠的權利。

她輕嘆一聲，珊瑚還是太天眞了，沒發現瑪瑙險惡的企圖。

珊瑚跑得飛快，宛如疾射的炮彈來到一扇緊閉的門扇前。

漆成墨綠色的門上有著一個拳頭大的凹痕，卻沒看到製造凹痕的人。

「咦？咦？咦？」珊瑚連冒出三個代表疑惑的音節，她左右張望，也沒忘記仰頭看，可依舊什麼都沒發現。

「翠翠，沒東西耶！」聽見腳步聲追來的珊瑚扭過頭對翡翠喊道，喊完才霍然反應過來翡翠正被瑪瑙抱在懷裡，「啊！瑪瑙你這個卑鄙小人，你都抱翠翠那麼多次了！」

瑪瑙充耳不聞，反正重點是他抱到了。

「斯利斐爾，有感受到……」翡翠呼叫著眞神代理人。

「還要在下再提醒沒帶腦子的您一次嗎？」斯利斐爾不厭其煩地對翡翠展現冷嘲熱諷，「在下不會感應到……」

「啊啊，行了，還是閉嘴吧。」翡翠從這語氣就猜出對方要講什麼，估計不是螞蟻就是細菌。

他放棄從斯利斐爾那獲得線索，迅速掃視四周一圈，尖耳朵微動，卻沒有捕捉到異常動靜。

感覺不到有誰躲藏在這裡。

翡翠的目光再回到墨綠門板，門後就是通往他們未曾涉足的地下室。

他握住門把轉動幾下，仍是上鎖狀態，沒被人開過。

鬱金、多莉亞和羅伯特、傑納夫慢了幾步趕到，看見翡翠他們圍在地下室門前。

「沒……沒有人嗎？」多莉亞上氣不接下氣地問，「你們沒看到……」

「什麼都沒看到，但剛剛肯定有誰在。」翡翠指著門上拳頭大的凹痕，「這裡被東西用力敲過。」

不管是誰，能把看起來厚實的門敲出痕跡，力氣顯然不小。

傑納夫三人也瞧見了，更加惴惴不安。

那痕跡無疑推翻他們一直以來的認定。

這座莊園裡……還有不明的其他人。

他是如何無聲無息通過莊園主人布下的防護陣？

他進來這裡多久了？他想做什麼？

西蒙先生……是被他殺害的嗎？

迷霧籠罩眾人心頭，誰也無法判定眼下狀況。

就在這時，門板後冷不丁傳出一道異響，聽起來模糊，但的確是有「什麼」製造出了響動。

「裡面該不會有活物吧？」鬱金眼神一凜，不容閃避地直視傑納夫，「不是說地下室放的是西蒙先生的收藏品？」

「這……」傑納夫有口難言。

「傑納夫你應該知道西蒙先生把鑰匙放哪裡吧？」多莉亞忙不迭催促，眼含緊張地望著地下室大門，「你快點去拿！」

被眾多目光直直注視，縱然心中再如何抗拒，傑納夫也只能屈服於多數人的意見，上樓去拿地下室鑰匙。

傑納夫的腳步聲很快由遠而近地傳來，他手裡拿著一支金銅色鑰匙。

眾人讓出門前的位置給傑納夫，等他打開地下室大門。

一雙雙眼睛像在無聲催促他快點動作，壓力如千斤重，壓得他險些喘不過氣。

他手忙腳亂地將鑰匙對著鑰匙孔，可能是太緊張，好幾次都插歪了。

終於在鬱金準備一把搶過、換自己上之前，鑰匙成功插進鑰匙孔。

傑納夫鬆了一口氣，立刻順時針轉動鑰匙。

「喀」的一聲，通往地下室的門被打開了。

傑納夫抽出鑰匙，把門推開，「我走前面吧，裡面其實還有……」

說時遲、那時快，不知道從何處竄出的白影以迅雷不及掩耳的速度，搶在傑納夫之前衝進門內。

快得連翡翠等人也來不及反應。

白影消失在門板之後，只留下一串高分貝的吶喊。

「誰都不能比兔兔公主還要快快快快快！公主殿下永遠衝第一一一一一！」

就算沒看清白影全貌，但那個自稱詞對翡翠幾人實在太有辨識度了。

「不是吧？」鬱金匪夷所思地咂舌，說出了繁星冒險團共同心聲，「那隻兔子嗎！」

「我覺得可以把『嗎』拿掉。」翡翠一針見血地說，「就是它，它到底什麼時候進來的？」

「原來如此……」珍珠立時解開疑惑，「敲門聲跟說話聲都是它嗎？」

「可惡，珊瑚大人才是要當第一的那個！」珊瑚的好勝心立刻冒出，靈活地從傑納夫身側掠過，一下也衝進門內。

讓人措手不及的發展令石牆莊的三人都呆住，直到翡翠等人跟著走進門內，他們才猛地回過神來。

「你們在說什麼？你們知道那是誰嗎？」傑納夫不敢置信地追在後頭問，「那人爲什麼有辦法進入莊園？西蒙先生明明設下了防護陣！」

這個翡翠倒是知道爲什麼，也想通先前叫斯利斐爾查探房外情況時，爲什麼他會說門外沒有任何生命或魔法的波動。

沒有很正常。

畢竟……

思賓瑟本來就不是活物嘛。

下一剎那，氣急敗壞的尖嘯如凶猛大浪拍了過來。

「啊啊啊啊！爲什麼這裡還有一扇門？兔兔我要生氣了，棉花要爆炸了！」

當傑納夫三人跟著翡翠他們來到這條通道的盡頭，看見的是一隻用雙腳站立行走的兔子正揪著自己的長耳朵憤怒尖叫。

看清白影的眞面目，傑納夫臉色遽變，下意識往後退了幾步。

「兔……兔子！」多莉亞愕然大叫，「爲什麼兔子可以用雙腳走路！」

「誰是兔子？要叫我兔子小姐、兔兔公主，或是美少兔！」多莉亞口中的兔子驟然轉過身，赫然是一隻兔子玩偶。

長長的耳朵縫著粉紅色內裡，頭上別了一個大大的蝴蝶結。眼睛以鮮紅鈕釦縫上，身上到處是歪七扭八的粗糙縫線，短短的手還握著一柄槌子。

翡翠幾人看著那柄槌子，門板凹痕之謎這下解開了。

「嗨，翡翠跟翡翠的家屬一二三四……」思賓瑟望向鬱金，歪了歪腦袋，「很甜很甜馥曼的負責人，你和他們在一起是也變成翡翠的家屬了嗎？那兔子會祝你們大家百年好合，早日生出好吃的蘿蔔。」

「誰會生蘿蔔？而且我也不是這傢伙的家屬！」鬱金成功被激怒，像隻炸毛的貓怒瞪思賓瑟，「我才要問妳爲什麼在這？妳到底什麼時候混進來的？」

「比你們早的時候，你們都不知道的時候，純潔又柔弱的兔兔也是會神出鬼沒的！」思賓瑟驕傲地挺著胸，兩隻兔耳朵立得又高又直，「都沒人發現我，就連我敲門也沒人回應我。這個就很過分，太過分！思賓瑟公主敲門怎麼可以不鄭重迎接！」

「敲門？敲誰的門？」兔子玩偶會動、會說話，帶給多莉亞太大衝擊，讓她的腦子一時轉不過來。

「妳的，還有我們的。」翡翠幫忙解答，「問在嗎在嗎的人……不，兔子，就是它。妳敲門要幹嘛？」

「當然是找兔子被偷的東西！」思賓瑟提起這件事更顯暴躁，「可惡的小偷偷走我的東西，還留下一封信，要我到石牆莊見一個白頭髮的人！」

「白頭髮？妳見了西蒙先生嗎？」

「兔子才不管他叫什麼名字，那個不重要。快快快，快替兔兔把這個討兔厭的門打開！」思賓瑟揮舞著槌子，腳掌急切地拍打著地板，「不然會來不及的！」

「什麼東西來不及？」翡翠不解。

「等門被從裡面打開就來不及了！」思賓瑟大叫。

「不可能！」從見到思賓瑟就想降低存在感的傑納夫再也懲不住地高喊，「它們都被綁住了，根本沒有辦法……開……門……」

最後兩字幾乎是發顫地從傑納夫的嘴裡擠出。

因爲門把，眞的被慢慢轉動了。

隨著門扇慢慢開啓，一張巨大、幾乎與門差不多長的白色大臉，也從門縫後面露了出來。

一雙細細的眼睛居高臨下地俯視著門外所有人。

第11章

白色巨臉的出現，讓見過許多大場面的翡翠幾人也震住。

更別說石牆莊的三人。

傑納夫、羅伯特和多莉亞直接被生生嚇暈過去。

「咚咚咚」三聲，三個人全倒在了地板上。

翡翠他們這時也無暇關心身後，他們屏氣凝神，不約而同握住自己的武器。

接著就看到那張大臉張開嘴，露出一口平整的牙齒，說：

「蘿蔔、蘿蔔、蘿蔔。」

「……什麼？」斯利斐爾破天荒流露愣怔之色。

讓翡翠來說，就是這位眞神代理人的大腦當機了。

翡翠沒有趁機大肆嘲笑斯利斐爾，事實上，他也無法理解眼下的狀況。

或者說，所有人都不能理解。

除了不是人的思賓瑟。

「啊啊啊！你們這群沒棉花的笨蛋、笨蛋、笨蛋！兔子小姐就說會來不及的！」思賓瑟捧臉尖叫，「蘿蔔．蘿蔔．蘿蔔都變成蘿蔔王了！」

在思賓瑟高亢尖銳的叫喊中，門後的大臉也現出完整模樣。

「這什麼鬼東西！」鬱金失聲喊道，難以置信世上會有如此詭異的存在。

那是一根巨大無比的蘿蔔，頭頂翠綠葉片，高度直逼門框。

假如只是這樣，鬱金還不會如此大驚失色。

可那蘿蔔居然有眼睛、鼻子、嘴巴，還長了手腳，腳上還有濃密的腳毛！

「我靠……」翡翠張大的嘴一時半會合不起來。

他總算想起「蘿蔔．蘿蔔．蘿蔔」是什麼了，那是思賓瑟種來當糧食吃的人面蘿蔔，據說只要埋下人面蘿蔔的一根腿毛，就能再收獲一片蘿蔔田。

問題是面前這個……也大得太過分了吧。

大得就像是……好多好多的蘿蔔絲餅、蘿蔔糕、蘿蔔排骨湯、滷蘿蔔，還有涼拌蘿蔔！

「在下不會允許您吃那種東西的。」斯利斐爾嚴厲的聲音如長鞭般抽進翡翠腦海。

「我什麼都還沒說吧！」

「您流口水了。」

翡翠忙不迭用手背擦擦嘴巴，幸好只有一點點，沒毀了他的形象。

打開門的蘿蔔王沒有進一步動作，只一雙眼睛慢慢地轉動，從左看到右，再從右看回左，最末像是很滿意地說，「蘿蔔、蘿蔔、蘿蔔。」

思賓瑟倒吸一口氣，「它在說好吃好吃，白白的看起來都好好吃！」

「等一下，吃什麼？」翡翠冒出不妙預感。

「吃你們啊。」思賓瑟把這個預感講實了，「蘿蔔王會把白色的東西都當成蘿蔔，然後一口吃掉！糟了，兔子我好像也是白的……不妙不妙，兔兔感覺超級不妙的，大家快逃！」

就像在呼應思賓瑟的高八度示警，蘿蔔王長滿腿毛的兩隻腿邁動了，先是像初生小鹿一樣蹣跚地走，接著越走越穩。

然後它開始手刀衝刺，像團白色風暴席捲翡翠等人。

「翡翠你和你的家屬一二三都是白的，快跟公主一起跑啊！」思賓瑟用槌子使勁砸向蘿蔔王，趁它喊著「蘿蔔、蘿蔔、蘿蔔」時，扭頭要翡翠等人快加入逃跑行列。

翡翠他們……他們當然也是果斷地跟著拔腿跑了。

這裡走道狹窄，壓根不是適合戰鬥之處，反讓他們束手束腳。

既然如此，跑離這個地方才是優先選擇。

蘿蔔王在後緊追不捨，對於昏在地上的石牆莊三人視若無睹。

他們不是白的，不是好吃的蘿蔔。

前面跑走的幾個，才是好吃的蘿蔔。

思賓瑟是白色的布偶。

瑪瑙、珍珠和珊瑚的頭髮都是白的。

而翡翠也有一綹白頭髮。

因此在蘿蔔王眼中，他們通通都是好蘿蔔，好蘿蔔就得被它吃進肚子裡，讓它更加強大。

「所以那到底是什麼鬼東西！兔子那是妳搞出來的對吧！」要不是思賓瑟跑得太

快，鬱金抓不到，他一定要掐住它的脖子，用力地掄轉好幾圈，「還有這鬼東西為什麼會變成西蒙的收藏品？他派人偷這個是要幹嘛？」

鬱金不是傻子，從思賓瑟和傑納夫、西蒙的話裡就能推出大致眞相。

石牆莊的主人因為不明原因，派人偷了思賓瑟的蘿蔔，藏在上鎖的地下室，不允許人接近，對外宣稱裡面放的是他的收藏品。

傑納夫身為為主人處理大小事務的管家，恐怕早知道自己的主人做了什麼。甚至很可能，他就是幫忙偷蘿蔔的幫凶。

他自己也說過，他的主人有半個月沒離開這幢大宅了。

「不知道、不知道，你說的太複雜，聰明好兔兔什麼都不知道啦！除了蘿蔔！」思賓瑟扯著嗓子喊，「那是我努力種出來的變異蘿蔔，比一般蘿蔔大，但絕對不能把它跟其他蘿蔔關一起！不然它就會把它們吃掉，然後變成傳說中的蘿蔔王，它現在就變蘿蔔王了！」

在思賓瑟歇斯底里的叫嚷中，一夥人跑出地下室，來到空間廣闊的大廳。

趁蘿蔔王還沒從門後跑出來，翡翠抓緊時間，想問出更多情報。

「變蘿蔔王會怎樣？我是說，除了它會把我們當成蘿蔔吃掉之外，還有什麼特殊的地方？」

「會刀槍不入！」思賓瑟從它的小包包裡再抽出一把槌子緊握，「就連兔兔我現在拿的槌子也不行，我只用來拿好看的。」

刀槍不入，這可不是好消息。

隨後思賓瑟說出更不好的消息，「魔法也不行。」

「它明明只是一根蘿蔔，刀槍不入還抗魔會不會太扯了！」鬱金從沒見過這麼離譜的……生物？植物？

「都說了它是傳說中的蘿蔔王啊，你是不是笨蛋，怎麼都聽不懂？兔子可以很勉強地分你一點聰明棉花跟頭髮。」思賓瑟看鬱金的眼神就像看一個大傻子，「只有兔子才有辦法解決蘿蔔王。」

「那妳還跑什麼？」翡翠不明白。

「蘿蔔王變太大了，兔子現在解決不了。都怪讓它變那麼大的那個笨蛋，要是被兔兔我逮到，我要暗殺他、謀殺他、咒殺他，殺殺殺殺殺殺！」思賓瑟一想起這事就氣得不得了，「普通的變異蘿蔔只要兔兔一口咬掉它的頭就可以，但蘿蔔王頭太大了！」

「哪裡是頭？」翡翠不確定地問。

「嘴巴以上都叫頭啊，翡翠你長得漂亮，腦子也要漂亮才可以喔！」思賓瑟嘆氣，一口氣都還沒嘆完，兩隻耳朵猛地豎起。

重物砸地般的咚咚聲響越來越接近，有如宣告著不祥降臨。

下一秒蘿蔔王大力撞開門板，巨大的臉孔映入眾人眼中。

這一瞬，翡翠回想起西蒙生前給他們的提醒。

「繁星啊，要留意白色。」

看著白色的思賓瑟跟白色的蘿蔔王，翡翠揉揉額角。這要怎麼留意啊，它們的出現也太出其不意了好不好！

蘿蔔王一看見自己的食物都在乖乖等它臨幸，嘴巴咧得大大，一口白牙還折閃出閃亮的光輝。

「蘿蔔、蘿蔔、蘿蔔！」蘿蔔王高聲疾呼，最先撲向白色範圍最多的思賓瑟。

「噫啊啊啊——不能吃兔兔，兔兔那麼可愛柔弱無害！要也是……」跑給蘿蔔王追的思賓瑟猛地一個急速轉彎，反直直衝向蘿蔔王，「兔兔吃蘿蔔！」

思賓瑟個子小、氣勢高，就連握著槌子的短手也舉得高高。

但碰上蘿蔔王隨意揮動的大手，「啪」的一聲，思賓瑟就像被彈走的一顆球，在空中劃出一道拋物線。

「你們要幫兔子公主復仇啊啊啊啊——」思賓瑟的慘叫拖得綿長。

蘿蔔王的瞇瞇眼登時震驚瞠大，沒想到自己手那麼一碰，它的食物就這樣飛走。

不過沒了這個，還有其他好幾個。

蘿蔔王馬上轉向四精靈，嘴巴張大，猛力吸了一口氣，隨即竟口吐淡藍氣體，周遭同時溫度急降。

幾個人迅速閃避，鬱金也及時躲過了氣體的接觸。

飛散的淡藍氣體一撲上大廳裡的家具，立時在上面覆蓋一層薄冰。

蘿蔔王居然還會魔法！

瑪瑙當機立斷，將一直抱著的翡翠塞給斯利斐爾，只要靠眞神代理人薄弱如紙的存在感，想必能讓翡翠不被蘿蔔王注意到。

不得不說，這個辦法有效。

蘿蔔王頓時像遺忘現場還有翡翠這個人，細眼睛飛快掃向三名精靈，頭上的三根翠碧葉片突然高速轉動。

轉到只餘殘影的剎那間，長長的蘿蔔葉如同飛鏢疾射而出，各自鎖定瑪瑙三人。

「爲什麼它的葉子還可以飛？」珊瑚目瞪口呆，也沒忘記做出反擊，形若大槌的法杖對準襲來的葉片噴出赤火。

赤艷烈火彷彿一條張開大口的凶蛇，對著葉片一口呑下。

可預想的景象沒有發生，蘿蔔葉不但沒被烈火燒成灰燼，還勢如破竹地持續往前。

「什麼!?」珊瑚瞳孔收縮，眸子裡倒映出越漸逼近的碧綠。

說時遲、那時快，一道淡白屏障在珊瑚身前張開，散發著銀月般的朦朧光輝。看似柔和，卻又堅定地擋下了葉片的突襲。

珊瑚緊繃的肌肉鬆放一瞬，立刻看向珍珠。

珍珠不像兩名同伴擅長攻擊，但防守方面向來不是難事。她握著如同冰晶雕凝的長柄法杖，在自己身前設下了堅若磐石的光盾。

瑪瑙俐落避開飛來的葉片，速度快得連蘿蔔葉都追不上，在他虛晃一招下，葉子被誘至另個方向，最末直挺挺地插入牆壁，成為牆上的另類裝飾。

鬱金趁亂退到斯利斐爾身邊，他很了解自己的力量，與其在戰場上扯隊友後腿，不如找個安全地方躲好。

「它的抗魔屬性也太高了。」鬱金眉頭緊鎖，對翡翠說，「再這樣下去，你家的那三個會先耗光體力。」

翡翠很想說精靈體力很好，但蘿蔔王是個連斯利斐爾都未知的存在，沒人知道它的極限為何，鹿死誰手真的很難說。

光是刀槍不入又能抵抗魔法，就夠棘手了。

不，簡直是無從下手。

翡翠拚命轉動腦子，企圖從中找出破解辦法。

思賓瑟說過只有它能吃掉蘿蔔王，但必須是一口將蘿蔔王的頭咬掉才行。

翡翠看著比所有人都高的巨大蘿蔔，再想到思賓瑟的個子，兩者也差太多了。

思賓瑟估計連蘿蔔王的葉子都無法一口吞下。

「斯利斐爾，你有辦法把思賓瑟變大嗎？」翡翠戳著斯利斐爾。

「您還沒睡就別作夢了。」斯利斐爾的回答相當冷酷。

「不能變大，那除非蘿蔔王變小、變小……啊，變小！」電光石火間，翡翠還真的想到一個辦法了。

他甚至有些怨惱自己的後知後覺，怎麼到現在才想到。

「瑪瑙你們盡量拖時間！」翡翠即刻朝三名精靈喊道，一轉頭再對鬱金說，「要是他們有危險，你一定要記得幫他們擋下，對了順便把思賓瑟挖出來。」

「你是忘記我比他們身手還弱的事實了嗎？」鬱金真想剖開翡翠的腦子看看，但他還是給出一定程度上的保證，「總之我會用我的辦法幫他們。」

再怎樣他都是公會負責人，協助冒險獵人是理所當然的。

「你是要去做什麼？」鬱金可不認爲翡翠會無故扔下這些交代。

「去做一件……」翡翠揚起很符合他此刻外表的天眞笑容，「大事啊。」

聲稱要去做大事的綠髮小男孩拍拍斯利斐爾的手臂，要人趕緊抱自己到二樓房間。

祕密武器就等著他去拿了！

瑪瑙他們牢牢記得翡翠的交代，盡全力拖住蘿蔔王，直到他回來爲止。

基於蘿蔔王刀槍不入，魔法也無法對它造成傷害，珍珠的結界產生極大效用。泛著月輝的多面光盾不時從地面突起，阻礙蘿蔔王的行動，也不斷加深它的焦躁。

明明好吃的蘿蔔就圍在自己身旁，爲什麼就是沒辦法吃到？

它像座沉重的炮台橫衝直撞，從嘴裡噴出一股股寒氣，冰霜四處氾濫，屋內溫度降得更低。

即便是珊瑚也在幾次徒勞無功後放棄再使用火焰，她不和蘿蔔王硬碰硬，改和瑪瑙輪流遛著蘿蔔王。

他們的速度時快時慢，在蘿蔔王快逼近時就加快，在蘿蔔王追不上時減慢，宛如在驢子前吊著紅蘿蔔，讓它始終看得著卻吃不著。

大廳變得凌亂不堪，桌椅橫倒，牆壁、地毯隨處都能看見戰鬥造成的痕跡，不少家具上還覆著一層凍人的冰。

鬱金在混戰中弓著身子，像隻大貓悄無聲息地快步跑向另一角落，撿起了不知是醒著還昏著的思賓瑟。

畢竟那雙鈕釦眼真的很難判斷。

「喂，兔子、兔子！」鬱金做了一直想做的事——抓著思賓瑟的脖子一頓猛搖——「快醒來！」

「要吐了、要吐了，兔子小姐的靈魂要被吐出來了！」思賓瑟手腳霍地劇烈顫動，「就連內臟也會啪啦嘩啦地一併吐出來的！」

「妳最好有內臟。小聲點。」鬱金緊摀思賓瑟的嘴巴，以免它的大叫引來蘿蔔王的注意。

這隻兔子最好別忘了它也在蘿蔔王的菜單上。

思賓瑟終於記起自己的處境，它晃晃腦袋，表示自己會放低音量。

鬱金鬆開手，帶著思賓瑟挪向更不顯眼的位置，力求蘿蔔王不會發現這裡還有一個「蘿蔔」。

「現在是怎麼回事？過去幾年了？翡翠他孩子都生了嗎？」思賓瑟用氣聲問，「兔子小姐可以當他孩子的乾媽嗎？」

鬱金深吸一口氣，才壓下想將對方扔出去的衝動。

「一天都沒過，沒孩子，不可以。」他咬牙切齒地說，「翡翠說他想到辦法了，被斯利斐爾帶到二樓，現在瑪瑙他們在拖時間。」

「拖時間兔子超會啊！交給我、交給我！」思賓瑟馬上大拍胸脯，一副躍躍欲試、力求表現的模樣。

鬱金現在最不需要的就是思賓瑟的表現，要是它中途被蘿蔔王吃了，他們還怎麼收拾對方？

「妳給我好好待著。」鬱金警告，「躲好等到翡翠出現，也別妨礙我。」

不能衝上前去好好表現一番的思賓瑟感覺委屈，它將兩隻長耳朵拉下來遮著臉，向鬱金表示它在生氣了，要有人好好安慰才行。

鬱金才不理它，他在自己所有口袋內掏掏摸摸，拿出一大把乾燥過的植物。

思賓瑟很快就被窸窸窣窣的聲音吸引，它放開兩隻耳朵，發現鬱金在地上疊了一座用植物堆成的小小山丘。

思賓瑟看不懂鬱金要幹嘛。

鬱金也沒打算對一隻兔子玩偶說明，他將植物山丘點燃，看著它逐漸冒出白煙。這些乾燥植物燃得很快，沒一會煙氣增加，白煙裡滲染出奇異的藍色。

鬱金捏住鼻子，帶著思賓瑟撤退到其他角落。

「那什麼？那是什麼？兔兔也要捏鼻子嗎？噫，但我沒有鼻子呀！」思賓瑟一時忘了壓低聲量。

蘿蔔王順著這道尖高喊聲看過來，瞇瞇眼當場大睜，它看到那個最白的蘿蔔了。

「蘿蔔、蘿蔔、蘿蔔！」蘿蔔王放棄三精靈，朝著思賓瑟的方向追過來。

「別讓它過來，想辦法讓它吸那些煙！」鬱金對瑪瑙三人喊道：「煙不會對你們起作用，你們吸進去也沒差！」

「交給無敵厲害的珊瑚大人吧！」珊瑚握緊雙生杖，火焰轉眼凝成一團火球，「看我撞！」

火球在珊瑚的操縱下疾速飛出，挾帶強悍的勁道，對準蘿蔔王的屁股用力撞。魔法對蘿蔔王起不了效用，但火球強勁的力道成功讓它重心不穩，身子一歪，摔在了那堆噴冒藍煙的植物小山丘前。

噸位十足的身軀一摔倒，地面跟著震動一下，連帶那些漸漸燒成灰的植物也震得飛起，天女散花般落在蘿蔔王身上。

一股股藍煙被蘿蔔王吸了進去。

蘿蔔王似乎沒察覺到自己吸進什麼，一顆心都繫在思賓瑟身上。它從地上爬起，剛邁出步伐就忍不住發出困惑的呢喃。

「蘿蔔、蘿蔔、蘿蔔？」

它的手腳突然變得不太靈活，行動間搖搖晃晃，乍看下就像一根喝醉酒的蘿蔔。

「它怎麼了？」思賓瑟驚奇地問。

「類似酒醉效果。」鬱金說，「這樣足以拖慢它的速度了。」

起碼蘿蔔王若朝他們這邊過來，鬱金也有信心順利逃脫。

「那兔兔可以去大顯兔威了嗎？」

「不行、不可以。」

雖說不知道翡翠想到的辦法是什麼，但在他回來之前，鬱金無論如何也不准思賓瑟冒險。

被降速的蘿蔔王無疑減少了危險性。

三精靈游刃有餘地將它困在大廳裡，直到一道稚氣興奮的喊聲傳來。

「來了、來了！我們回來了！」翡翠被斯利斐爾抱著出現在大廳，他揮動著小手，要瑪瑙他們幫他一個忙，「讓蘿蔔王嘴巴張開，面向我這邊！」

這個要求沒有太大的難度，在三名精靈合作無間下，蘿蔔王果然轉了方向，面向翡翠他們那邊。

翡翠評估了下距離和自己如今的力道，當機立斷地把祕密武器交給斯利斐爾。

「你來丟，記得對準，絕對不能失手。」

斯利斐爾沒給出任何保證，他願意動手就代表著他一定能完美達成。

祕密武器被丟擲出去，精準地飛進蘿蔔王口中，被它反射性一口吞下。

「那是什麼？」鬱金睜大眼，只來得及捕捉到一抹小小殘影。

「待會就知道了。」翡翠揚起意味深長的微笑。

蘿蔔王沒有把那個不小心吞下肚的東西放心上，它執著地再往思賓瑟邁出遲緩的步子。

一步、兩步、三步……

蘿蔔王龐大的身體無預警往前一栽，砸出了驚天動地的聲響。

瑪瑙他們沒有放鬆警戒，分站三角圍在蘿蔔王旁邊，預防它突然有什麼大動作。

下一秒，蘿蔔王身上冒出白光，轉眼就覆住整根蘿蔔。

「咦!?」思賓瑟震驚高喊，「蘿蔔王明明沒有發光功能啊，它為什麼會發光？」

白光的出現相當短暫，思賓瑟大叫完後便霍然消散，露出被光遮掩的蘿蔔王身影。

——一個縮水版的蘿蔔王。

原先比人還高壯的蘿蔔王就像被放氣的汽球，體積大幅縮小，縮得跟思賓瑟差不多大。

鬱金看看那個迷你版蘿蔔王，再看看如今也是迷你版的翡翠，答案如驚雷劈入他的腦海。

「甜蜜蜜繽紛蛋糕！你什麼時候跟流蘇又拿了這東西？」

「在跟流蘇確認蛋糕效果不會疊加，只會以最先吃的那個為主之後。既然如此，那當然是趁機多吃幾個啊。」

先不論甜蜜蜜繽紛蛋糕的可怕作用，它本身可是好吃極了。只要是好吃的東西，翡翠自然不會輕易放過。

鬱金再次深切體認到翡翠對吃有多執著。

這人的腦子裡是不是真的就只有食物啊！

翡翠要是聽見，一定會強力反駁：當然還有我家的瑪瑙、珍珠、珊瑚，以及原形的斯利斐爾！

「接下來就是可愛的兔子公主出場了對不對？」思賓瑟一個箭步飛衝上前，張開嘴巴，將蘿蔔王往嘴裡塞，「嗷嗚」一聲地把它的腦袋一口咬斷。

誕生沒多久的蘿蔔王就這麼命喪在思賓瑟之口。

第12章

難纏棘手的蘿蔔王最終被吃得一點也不剩。

包括它的葉子跟那雙長滿腿毛的腳，都被思賓瑟卡滋卡滋地吃下肚。爽脆可口，還含有濃縮精華，吃過的兔都說讚。

隨著蘿蔔王屍骨無存，覆蓋大廳的薄冰也跟著消融成一灘灘的水。

思賓瑟吃得心滿意足，一顆肚子變得鼓鼓的。它拍拍圓肚，再調整一下蝴蝶結的位置，確保自己還是一隻外表整齊的美少兔。

鬱金環視大廳的狼藉，只覺額角一抽一抽的。如果石牆莊的人醒來把這筆帳算到他們身上，他絕對會據理力爭，拒絕承擔這筆債務。

要不是西蒙命人偷取思賓瑟的蘿蔔，哪會引發連串意外？

對了，西蒙！

鬱金恍然憶起還有個謎團尚未釐清，石牆莊主人的死！

不待鬱金把思賓瑟抓過來逼問一番，珍珠先提出了縈繞在她心頭許久的問題。

「思賓瑟，妳之前說妳有棉花跟頭髮……」珍珠憶起在廚房跟西蒙房裡發現的白色毛髮，「妳怎麼會有頭髮？」

「對啊，妳明明就光禿禿的。」珊瑚瞄向思賓瑟光滑的圓腦袋，上面只有醜醜的縫線，沒看到任何一根毛。

「誰禿了？美少兔是永遠不禿的！」就算頭頂沒有半根毛，思賓瑟也不承認「禿」這個字，「兔子小姐當然有頭髮，就跟我的棉花一起，那可是偉大的史賓賽一世的主人死後留下的頭髮。」

「那位主人的頭髮，是白色的嗎？」珍珠問。

「妳怎麼知道？妳也有聰明棉花嗎？」思賓瑟敬佩地望向珍珠。

「也許妳要檢查一下妳身上是不是哪裡有破洞了。」珍珠給出真心的建議。

思賓瑟連忙摸著全身，不忘掀起頭頂上的大蝴蝶結，接著震驚地發現那處不知何時破了一個洞，棉花都跑出一點了。

「可麗露也是妳吃掉的吧。」翡翠沒忘了廚房的可麗露消失之謎。

「哇，翡翠你們好厲害！你們是不是都有聰明棉花？從身體掏出來分兔兔一點嘛，兔子是不嫌棉花多的！」思賓瑟希望能讓自己更豐滿一些，「可麗露很好吃，不過還是比蘿蔔差一些。」

「那西蒙呢？西蒙的死究竟跟妳有沒有關係？」鬱金板著臉，要思賓瑟給出解釋。

「西蒙是誰？」思賓瑟一臉納悶。

「這屋子的主人，白頭髮的男人，他被人下毒死在他的房間裡了。」

「白頭髮？喔喔喔，兔子知道，今天有跟他面對面呢。他怎麼死掉啦？他不是說他不會死嗎？他說開花就會醒過來啦。」思賓瑟訝異地歪著頭，向眾人扔出一個震撼彈。

「什……」鬱金奮力從混亂的思緒中抓住一絲清明，「妳說什麼？什麼開花？妳是什麼時候跟他見面的？」

「就是不久前，比發現蘿蔔王，比聽見尖叫還要更早之前。兔兔我想找蘿蔔，就去到處敲門啦。」思賓瑟沒有隱瞞，一五一十地說出自己早先的行蹤，「然後就敲到那個白頭髮西蒙的門啦。」

思賓瑟這方的計畫是這樣的。

它搭著船來到迷霧島上，再神不知、鬼不覺地潛入石牆莊裡。它很仔細地搜查每個角落，包括烤箱、鍋子都沒有放過，這花去它不少時間。

還沒變成蘿蔔王的變異蘿蔔會在半夜呻吟，所以它就去敲門，問在嗎在嗎，只要變異蘿蔔在門後，就會回答它。

地下室那扇門它也敲過，但它不知道門後還有門，就算變異蘿蔔有回應也聽不見。

它找了兩天都沒找到，沒想到會在今天看見繁星冒險團和鬱金出現此處。

還看到翡翠變小了！

眞神啊，這個世界眞是太不可思議啦！

思賓瑟覺得一隻咒殺玩偶還是要保持點神祕感，它沒有主動跳出來和翡翠他們相見歡，繼續躲在暗處努力尋找它的蘿蔔。

「那妳幹嘛敲我們的門？」翡翠不解，害他以爲眞的鬧鬼了。

「兔子我就忽然想敲啊。」思賓瑟理直氣壯地說，「美少兔做什麼都是被允許的。」

鬱金才不管思賓瑟美不美，「重點是西蒙，妳敲到他的門之後呢？」

「他本來在喝酒，看到兔子小姐就被我的美貌震撼到吐血倒地了，兔太美也是一種罪過呢。」思賓瑟摸著臉發出感慨，「然後他就說別擔心，等他開花就會再醒來，要我不要離開。兔兔我啊，才不會爲了一根草放棄尋找整片蘿蔔林，一定是要離開的嘛。」

鬱金等了一會，發現思賓瑟眞的說完再也沒有下文了，他愕然地說，「就這樣？他自己吐血的？」

「對啊，就這樣。」

「沒有其他特別的事？」

「沒有、沒有，兔子說沒有就是沒有，你好囉嗦。」

「自己吐血……所以沒人害他？」鬱金怎樣也不相信單憑思賓瑟的兔子外表，有辦法造成這種程度的殺傷力，「這怎麼可能？」

「爲什麼不可能？兔兔又沒有咒殺他。」

斯利斐爾忽地沉吟一聲，「開花就會醒來嗎？」

「你知道什麼了？」翡翠訝異問道。

斯利斐爾沒有多言，只是要眾人都跟他回到二樓。

再度來到西蒙房前，房門先前已被關上，讓人不用直視西蒙的遺體。

斯利斐爾上前打開門，一眼就看到他預想中的結果，「……果然如此。」

「什麼東西果然如此？」翡翠從瑪瑙臂彎扭著身體滑下，利用矮小的優勢從斯利斐爾身側擠進去。

思賓瑟也依樣畫葫蘆，成爲第三位看清房內景象的兔子。

西蒙的遺體還趴躺在原地，身下的血都乾得差不多了，在地毯上成爲深深的印子。

但重點不在那些血。

在花。

西蒙的頭頂上，從那些蒼白髮絲間隙……眞的開出了一朵黑色的花。

或者說，花苞。

「眞的開花了？眞讓兔不敢相信！能拔嗎？能拔嗎？」思賓瑟驚奇過後冒出實驗精神，一馬當先地衝上前，短短的手摸到花莖就想使勁拔起，「兔兔要拔了喔！」

「拔了就眞的死了。」斯利斐爾漠然地說。

「噫噫噫噫！」思賓瑟發出一串驚呼，然後更想拔看看了，「那兔一定得拔！」

「給我住手妳這隻兔子！」鬱金哪可能讓凶殺案在自己面前發生，跌跌撞撞地衝進房裡，搶在思賓瑟動手開拔前，大力抓住它的兩隻耳朵，讓它和那朵含苞待放的黑花離得遠遠的。

深怕思賓瑟一重獲自由又會不死心想拔花，鬱金的手指如鐵鉗牢固，說什麼都不會鬆開。

「人怎麼頭上會長花啊？」翡翠蹲在西蒙旁邊，也忍不住用手指戳碰幾下。好在他還有一點良知，沒再問斯利斐爾這花能不能吃，「應該不是被魔物寄生什麼的吧？」

他們以前就碰過一種叫「蘿絲瑪麗」的寄生型魔物，會在宿主身上開出大大小小的花朵。

「在下也沒想到，他會是黑花族的人。」斯利斐爾說道。

「眞神是懶得取名了嗎？就這麼直接粗暴地叫黑花族喔？」翡翠不禁懷疑起眞神的品味。

斯利斐爾平淡地望了一眼過去，那眼神像在說就是這麼直接粗暴。

「黑花族……」鬱金皺起眉，搜索自己的知識庫，隨後搖頭，「我沒聽說過。」

「是種罕見但沒特別能力的種族。」斯利斐爾完美展現他百科全書的一面，「平時與尋常人類一樣，但受到過度刺激會吐血，接著進入假死狀態。之後頭上會發芽，長出花苞，等花開了便再次醒來。花會自然凋落，但要是過程中再受到驚嚇，花就會枯萎，然後再進入假死。」

所有人沉默地看著地上吐血、推測假死，還長出花苞的男人，每一描述都符合斯利斐爾所說。

鬱金粗魯地耙亂自己的金髮，一口氣憋在心裡不上不下的。

結果搞半天……石牆莊的主人根本不是遭人毒害，而是進入假死狀態。

「不對啊！」鬱金猛然發現一個疑點，「照思賓瑟說的，西蒙是看見它後吐血倒地，一隻兔子玩偶是能刺激到哪裡去？」

「它會說話還會動，在大半夜看來是有點刺激。」翡翠提出自己的看法。

翡翠和鬱金齊齊望向被拎在半空的思賓瑟，得出共同結論。

所以西蒙是半夜以爲撞鬼嚇暈過去的嗎？

就算他們倆沒把想法說出來，臉上的表情也明明白白地透露了。

思賓瑟覺得自己被深深地侮辱，「你們什麼都能侮辱，就是不能侮辱兔子小姐的美貌、才氣、個性、聲音，從耳朵到尾巴都不行！我怎麼可能把人嚇暈？白頭髮見到兔兔我還臉紅了耶！」

「不可能、不可能。」鬱金揮著手，只當思賓瑟胡言亂語，「誰會對一隻兔子玩偶臉紅？肯定是被妳嚇暈的。」

「氣死兔啦！」思賓瑟奮力扭動身子，大大的腳掌踹向鬱金的腿，換來對方的吃痛聲，手也鬆開。它跳下地，忿忿不平地跺著腳，「要說多少遍，像我這麼兔見兔愛、花見花開的絕世美少兔，只會把人美暈過去！懂不懂？懂不懂？」

「翠翠，是不是要開花了？在動了！」珊瑚天外飛來一句，讓翡翠他們放棄與思賓瑟爭辯，迅速往那朵漆黑的花苞看過去。

正如珊瑚所說，花苞開始微微顫動，隨後宛如美人掩面的花瓣朝外慢慢伸展，彎出漂亮的弧度。

一瓣、兩瓣、三瓣……全部花瓣在眾人注視下完全打開。

墨黑花朵綻放的那瞬間，大家也聽見房裡傳出一道吸氣聲。

不是他們發出來的，是地上的那具「遺體」恢復了呼吸。

西蒙大力吸進一口氣後接著猛烈嗆咳，他邊咳邊撐起身子，剛坐起就發覺周圍圍了多道人影。

他撥開凌亂的長髮，抬頭向上看，眼裡映出翡翠幾人，蒼白沾著血的臉孔不禁浮現幾分茫然。

「各位怎麼會……」在我房間裡？

西蒙還沒說出內心疑問，另一側就響起一道有如小鳥在枝頭歌唱的美妙嗓音。

「白頭髮的，快替兔兔我證明，你是因爲我的美貌才死掉的。」

「人家沒有死。」鬱金今晚不曉得要翻幾次白眼。

西蒙因爲那道過於美妙的聲音一陣暈眩，緊接著以迫人的氣勢轉過頭，雙目如鷹隼般捕捉到那道雪白嬌小、又無比惹人憐愛的身影。

他直勾勾地盯著思賓瑟不說話，本來沒什麼血色的臉以肉眼可見的速度染上赤紅。

「哇，他臉好紅！他會燒起來嗎？」珊瑚嘀嘀咕咕地與珍珠說著她的大發現。

這實際上不是什麼大發現，因爲所有人都看見了。

鬱金想揉揉眼睛，他懷疑是喝酒喝太多的後遺症，才會看到自己剛結交的心靈之友對著一隻兔子玩偶紅了臉。

眞神在上，那還只是一隻玩偶……連眞的兔子都不是！

「哇……哇喔……」翡翠忽然理解走廊爲什麼會掛著兔子的畫，就連壁燈雕飾都是兔子圖案。

西蒙毫不在意外界的紛紛擾擾，滿心滿眼只有思賓瑟。

他的女神、他的玫瑰。

他的心上兔！

「我終於再次見到妳了，思賓瑟，請讓黑暗纏住我們彼此，冰冷之吻落在我們的臉頰，玫瑰將在烈火下盛綻！」西蒙激動地想握住思賓瑟柔軟的小手。

思賓瑟「咻」地把雙手背身後，它可是冰清玉潔美少兔，隨便摸它可是會被它施以咒殺懲罰。

翡翠用手肘撞了鬱金一下，「麻煩翻譯，謝謝。」

鬱金想摀著眼了，不看就不會想翻白眼，但他還是幫忙翻譯了。

「西蒙希望以死後埋在一起為前提，向思賓瑟求愛。眞神啊……」最後一句呻吟是屬於鬱金自己的。

翡翠必須得說，魔法世界果然無奇不有。

人與玩偶之戀……他只想再感嘆一聲「哇喔」。

思賓瑟可不承認這是一場人與玩偶之戀，開什麼玩笑，根本就沒有戀！

「兔子我拒絕！」它喊得超大聲，「感情只會妨礙我咒殺、謀殺、暗殺，還有買小裙子的速度！重點是你還不是一隻兔子！」

思賓瑟有著一套它的審美觀，比起人形的傢伙，它更喜歡與自己一樣的兔子——翡翠算是例外，他的美貌已經超脫物種了。

法法依特大陸上至今沒發現第二隻咒殺兔子玩偶，那麼它最喜歡的當然是自己。

對於不是兔，也不像翡翠美到跨越種族的西蒙，思賓瑟拒絕起來簡潔俐落。

西蒙通紅的臉霎時褪成一片蒼白，甚至比他平時還要白，好似再施加一點勁，他整個人就可以風化了。

他呆呆坐在地上，嘴唇微微顫動，給人陰鬱感的面孔現在只剩一片頹喪，無端地令人感到有點可憐。

但世上有句話是這麼說的，人的悲喜不能互通，所以現場沒人在乎西蒙的失戀。三精靈甚至連整件事的來龍去脈都不在乎，只要翡翠沒事就好。

不過八卦心冒出的翡翠和基於負責人職責的鬱金，就很在乎西蒙對這件事的交代。好吧，只要翡翠在乎，那麼瑪瑙、珍珠、珊瑚也會跟著在乎。

他們在乎的方式就是掏出各自的武器，不客氣地全指向西蒙。

西蒙仍深陷莫大的打擊和悲慟中，兩行淚水無聲地從他的眼眶內滑下。

看上去更可憐了。

但遺憾的是，依舊沒人在意。

倒是思賓瑟後知後覺地反應過來一件事，「我的蘿蔔是誰偷的？為什麼還要叫兔兔我過來找你這個白頭髮的！」

「當然是為了再見到妳一面！」思賓瑟聲音響起，就像解除了西蒙的靜默魔法，他雙眼亮起喜悅的光芒，立刻滔滔不絕地為心上兔說起自己因為愛情所做的連串事情。

不時還要鬱金從中協助翻譯，否則沒人能領悟西蒙的意思。

總之在鬱金的翻譯整理下，真相終於大白。

西蒙是某個組織的教官，那組織是什麼他沒透露，沒因爲戀愛腦就說出不該說的情報。偶然在那組織裡見到碰巧上門的思賓瑟，瞬間驚爲天兔，一顆心當場淪陷，從此成爲愛情的俘虜，還患上了相思病。

症狀包括但不限於喜歡畫兔子的畫像、換上與兔子相關的裝飾品，想到心上兔時就會喉嚨癢、心口痛，要趕緊拿幅畫來睹物思兔才會好轉。

得了相思病的西蒙無法全心投入工作，只好請假回島上休養。

爲了再見到心心念念的心上兔，他派傑納夫離島前往思賓瑟家，偷走它院子裡的多根蘿蔔，再留下明顯線索，好讓思賓瑟能到迷霧島上見他一見。

「正常來說，跑回島上只會降低與思賓瑟見面的機率吧？而且都知道派人去它家偷蘿蔔了，爲什麼不直接上門找兔？」翡翠不是很能理解這種思考方式，同時也覺得西蒙的感情歷程裡有幾個關鍵字格外耳熟。

「你不懂，要有曲折的過程才能昇華愛情的美麗！」西蒙按著胸口，雙眼則是眼巴巴地瞅著思賓瑟，冀望能讓它有所感動。

思賓瑟沒有感動是眞的，它想把西蒙痛捶一頓到對方不敢動也是眞的。

因爲它總算慢一拍地意識到，這傢伙就是偷它蘿蔔的原凶！還害得它精心培育的變異蘿蔔變成了蘿蔔王！

「絕望了！兔子小姐對這個敢對蘿蔔伸出魔掌的世界絕望了！」思賓瑟從它的小包包裡掏出第三根槌子，暴跳如雷地準備讓西蒙品嘗它的怒火，「兔子就要替這個世界來懲罰你！要把你的心臟肝臟脾臟腎臟都打個粉碎！」

——上述如此血腥的場景最後並沒有發生。

瑪瑙他們可不會讓小孩子的翡翠目睹任何兒童不宜的畫面。

在思賓瑟的槌子怒砸西蒙一下後，珍珠就輕輕在空中畫了一個圈，讓平空拔起的光壁困住憤怒的兔子。

思賓瑟還不至於讓怒火完全吞噬理智，被困住的它沒有試圖突破囹圄，只抱著雙手，腳掌不停啪啪啪地拍打地面，藉此宣洩情緒。

被心上兔痛罵和痛捶的西蒙徹底心碎，他摀住嘴，下一刹那從指縫間噴溢出大股鮮血，頭上黑花枯萎凋謝。

隨著最後一瓣花瓣脫離，白髮男人的身子像被抽空力氣，雙眼緊閉地頹然倒地，胸口更是當場沒了起伏。

在不明就理的人看來，這就是極爲嚇人的一幕。

但已經被斯利斐爾科普過的眾人倒是氣定神閒。

沒事、沒事，就是又陷入假死狀態而已。

比起關心西蒙，翡翠更在意那個盤旋在他心中不去的疑惑。

教官、相思病、請假休養……是不是不久前在哪裡……

「啊！」翡翠恍然大悟地一擊掌，知道熟悉感是怎麼來的了。

路那利曾提及神厄有個教官因爲相思病請假，才來找他回去代班。

搞半天，原來那個教官就是西蒙呀！

尾聲

雖然爲了獲得枯螢草，無端被捲進石牆莊莫名其妙的疑似殺人事件裡，事後也證明了沒人死去，只不過是一場烏龍罷了。

但翡翠他們還是成功拿到能製作解藥的枯螢草。

在迷霧島上的第三天，瀰漫在湖面上的奶白大霧散去，天色明淨，藍天倒映在連鏡湖上，宛若仙境。

翡翠一行人在這時候踏上歸途。

來的時候他們是六個人，離開的時候則變成六人加一兔。

思賓瑟可不想繼續在石牆莊待下去，這會使得它不斷回想起自己曾經擁有過，又被迫失去的那些蘿蔔。

它的蘿蔔啊……就算它最後吃到了濃縮精華版的蘿蔔王，但短時間內都無法彌補它內心的傷口。

它曾經有過一片蘿蔔林的，結果卻只剩下一根蘿蔔，這讓兔是多麼地傷心難過。

難過到思賓瑟只想用最快速度找個大城市，買個六七八件漂亮小裙子。

回程還是由傑納夫送翡翠他們，多莉亞和羅伯特也來碼頭送行，唯獨西蒙仍關在自個兒房裡。

如果不關在房間裡，一看到思賓瑟，西蒙就會再度想起自己被殘忍拒絕，被刺激得又進入假死狀態。

爲免自己不停地「死下去」，西蒙只能壓抑對思賓瑟的深深愛意，把自己關起來。

回到陸地上，思賓瑟與翡翠幾人分道揚鑣。它還有買小裙子的重要事要做，也得去神厄通知一下它的搭檔——

那個教官太沒用啦，得不到兔的愛就又倒下去了，搭檔你估計還要再代班好多天、好多天了。

翡翠他們則是加快腳程返回加雅分部，將枯螢草交給流蘇，讓他盡快製作解藥。

變成小孩子體型還不錯，翡翠體會了一把被人疼寵的感覺，可是他眞的再也忍受不了上廁所都得看到自己製造的彩虹跟花瓣了。

再這樣下去，他怕以後連看到一般彩虹都會產生陰影。

流蘇效率高，給他三天時間，他就製作出恢復原樣的解藥，順帶重新出產了一批甜蜜蜜繽紛小蛋糕。

這次他拍胸脯打包票保證，「沒有副作用，要是有的話……」

「我明天出門就會摔倒！」雪絨義氣十足地替同事做出了擔保。

眾所皆知，加雅分部的雪絨．草就是一個走路自帶摔倒技能的妖精，所以她的擔保其實一點用處也沒有。

但也可能是那天陽光太好，甜蜜蜜繽紛小蛋糕的味道太香，流蘇和雪絨的表情太誠懇，鬱金居然一時昏了頭，將兩名同事的話照單全收。

昏頭的還有一直心繫甜蜜蜜繽紛小蛋糕的翡翠，他是標準好了傷疤忘了痛的類型，早就把小蛋糕帶給他的崩潰拋到腦後。

不過他不理智，還有斯利斐爾負責理智。

真神代理人冷酷無情地在翡翠腦中放話，敢拿走那些小蛋糕，他就直接告訴瑪瑙他們關於禮物的事，讓翡翠拚命想營造的驚喜感碎個精光。

如果要問對翡翠來說有什麼比吃還重要，那肯定是他的小精靈了。

他還想看到瑪瑙、珍珠、珊瑚驚喜的表情呢。

甜蜜蜜繽紛小蛋糕就這麼全被鬱金帶回去馥曼。

然後。

鬱金占卜出一個適合的時間，鄭重地吃下一個蛋糕。

他沒有變小，也沒有自帶彩虹和花瓣效果，他……

變成了一個女孩子。

前凸後翹，胸還不小的那種。

那一天，在卡薩布蘭加花枝亂顫的笑聲中，咬牙切齒的咆哮響徹了整個馥曼分部。

「流蘇．裴爾特，我要殺了你啊啊啊啊——」

《我，精靈王，缺錢！番外》完

後記

《精靈王》番外來了～～

雖然才過幾個月，但大家想不想我們的大精靈們XD

之前完結篇的活動直播上有說，如果要寫番外，打算寫迷你翡翠。

這次就來實現承諾了，來把翡翠變變變變，變小啦！

《精靈王》正文中，都是由翡翠照顧小精靈們，一直想試試讓他們立場顛倒，換翡翠成爲被照顧的那一個。

順便實現我想看小翡翠的願望。

不愧是我們的精靈王，大隻的時候貌美如花，縮水後也是可愛度一百分。

夜風大畫的小翡翠與鬱金搭檔眞的太好看了。

總是宅在公會分部，把占卜兼煮火鍋搞得像邪教儀式的鬱金，就是這回繁星冒險團的旅行夥伴。

我自己很喜歡鬱金這個角色，炸毛系的大貓貓實在太戳人了。

金髮加紅斗篷，有時候還會戴上眼鏡，我簡直把喜歡的各種點都集合在一身了。

所以每次寫都特別喜歡讓他氣得哇哇叫（喂）

大家有注意到這次的副書名嗎？

半吊子的偵探XDDD

是的，因爲是半吊子，所以翡翠他們最後其實沒有完成推理，而是直接被思賓瑟爆雷了。

思賓瑟也是寫起來特別快樂的角色，每次寫到它哇哇叫都好紓壓。

我愛思賓瑟。

它眞是超級可愛的一隻兔子有沒有～

完成了寫番外的願望，接下來也要開始準備新作品了。

暫定會先寫短一點的故事，大概二到三集左右。

目前已開始構思新作內容，期待我們在下一本書再見面～

醉琉璃

心得感想區QR Code
歡迎大宗上來分享唷！

國家圖書館出版品預行編目資料

我，精靈王，缺錢！番外 / 醉琉璃 著.
——初版. ——台北市：魔豆文化出版：蓋亞文化發行，2023.09
面；公分.（Fresh；FS212）
ISBN 978-626-97767-0-2（平裝）
863.57 112014456

fresh FS212

我，精靈王，缺錢！番外

作　　者　醉琉璃
插　　畫　夜風
封面設計　莊謹銘
總 編 輯　黃致雲
發 行 人　陳常智
出 版 社　魔豆文化有限公司
發　　行　蓋亞文化有限公司
地址：台北市103承德路二段75巷35號1樓
電話：02-2558-5438　傳眞：02-2558-5439
電子信箱：gaea@gaeabooks.com.tw
投稿信箱：editor@gaeabooks.com.tw
郵撥帳號 19769541　戶名：蓋亞文化有限公司
法律顧問　宇達經貿法律事務所
總 經 銷　聯合發行股份有限公司
地址：新北市新店區寶橋路二三五巷六弄六號二樓
電話：02-2917-8022　傳眞：02-2915-6275
港澳地區　一代匯集
地址：九龍旺角塘尾道64號龍駒企業大廈10樓B&D室
電話：+852-2783-8102　傳眞：+852-2396-0050
初版一刷　2023年 09月
定　　價　新台幣 260 元
Published and printed in Taiwan

ISBN 978-626-97767-0-2

魔豆

魔豆